Check-in
PARA O
AMOR

Check-in
PARA O
AMOR

WHITNEY G.

AUTORA BEST-SELLER DO *THE NEW YORK TIMES*

São Paulo

2023

Grupo Editorial
UNIVERSO DOS LIVROS

Two Weeks Notice

© 2018 by Whitney Gracia Williams

© 2023 by Universo dos Livros

Todos os direitos reservados e protegidos pela Lei 9.610 de 19/02/1998.

Nenhuma parte deste livro, sem autorização prévia por escrito da editora, poderá ser reproduzida ou transmitida, sejam quais forem os meios empregados: eletrônicos, mecânicos, fotográficos, gravação ou quaisquer outros.

Diretor editorial: Luis Matos

Gerente editorial: Marcia Batista

Assistentes editoriais: Letícia Nakamura e Raquel F. Abranches

Tradução: Carlos César da Silva

Preparação: Alessandra Miranda de Sá

Revisão: Nathalia Ferrarezi e Rafael Bisoffi

Arte e capa: Renato Klisman

Projeto gráfico e diagramação: Francine C. Silva

Dados Internacionais de Catalogação na Publicação (CIP)
Angélica Ilacqua CRB-8/7057

G1c	G., Whitney
	Check-in para o amor / Whitney G. ; tradução de Carlos César da Silva. –– São Paulo : Universo dos Livros, 2023.
	256 p.
	ISBN 978-65-5609-372-7
	Título original: *Two weeks notice*
	1. Ficção norte-americana 2. Literatura erótica I. Título II. Silva, Carlos César da
23-2525	CDD 813

Universo dos Livros Editora Ltda.
Avenida Ordem e Progresso, 157 – 8º andar – Conj. 803
CEP 01141-030 – Barra Funda – São Paulo/SP
Telefone/Fax: (11) 3392-3336
www.universodoslivros.com.br
e-mail: editor@universodoslivros.com.br

Para os meus leitores.
Obrigada por me reconduzirem para o
lugar ao qual pertenço.
Com carinho e amor pra caralho,
Whitney G.

UM RECADO DE WHITNEY G.

Queridos e incríveis leitores,

Muito obrigada por escolherem *Check-in para o amor*! Esta história de escritório calorosa foi uma das mais vendidas da Amazon em 2018. Mal posso esperar para que comecem a lê-la!

Se quiserem receber, em primeira mão, novidades sobre meus próximos lançamentos, vendas e coisas especiais que ofereço com exclusividade a quem me acompanha, inscrevam-se na minha Lista F.L.Y. (Effin Love You). Porque, quer vocês amem, quer odeiem esta história, ainda assim, amo vocês pra caralho por darem uma chance a ela!

Atenciosamente,

WHITNEY G.

PRÓLOGO

Tara

— *Quem vence nunca desiste, e quem desiste nunca vence...*

Se eu ganhasse um dólar cada vez que minha mãe me dissesse essas palavras, estaria bebendo vinho em minha própria ilha particular na Costa Amalfitana neste exato momento.

Quando chorei por odiar o balé, ela esmagou meus pés naquelas sapatilhas rosa horrorosas e me fez ir às aulas mesmo assim. Quando falei que queria abandonar Administração para estudar "algo que envolvesse mais criatividade", ela ameaçou parar de pagar meu curso. E, quando eu disse que estava a segundos de mandar meu primeiro chefe de verdade tomar no cu, ela apenas suspirou e me deu seus conselhos supostamente infalíveis.

Minha mãe insistiu que todos os e-mails que eu mandava de madrugada eram "um mimimi inútil", que meus gritos de ódio eram "uma projeção de minha admiração" e que todas as vezes que ele me fazia trabalhar mais de cem horas em uma única semana eram "uma construção de caráter bastante necessária".

Depois de dois longos anos trabalhando para ele, enfim aceitei que nenhuma dessas coisas era verdade.

Preston Parker e um chefe babaca. Apenas isso. Fim de papo.

Minha mãe pode pegar no meu pé quanto quiser por "desistir", mas nunca vai saber como é trabalhar para um homem como ele. Um homem cujo ego é maior do que Nova York e Las Vegas juntas.

Tá, ele consegue deixar qualquer mulher molhada proferindo uma única sílaba de sua boca de formato perfeito. Sim, seus profundos olhos esmeralda-acinzentados são de tirar o fôlego, e a maneira como ele é capaz de fazer qualquer terno parecer ter sido feito sob medida para *ele* nunca deixa de me surpreender.

Mas eu já estava além do meu limite.

Não aguento mais trabalhar para ele e, enfim, estou redigindo o aviso-prévio de duas semanas, que eu deveria ter feito no primeiro mês em que trabalhamos juntos. (Não, na primeira *semana* em que trabalhamos juntos.)

Mas estou botando a carroça na frente dos bois. Não posso começar esta história do fim amargo ou do meio deprimente. Preciso começar de seu infelicíssimo início...

UM

Preston

O "INFELICÍSSIMO" INÍCIO...

A melhor parte do meu dia era sempre às 4h45 da manhã. Era o momento raro em que a cidade de Nova York se encontrava calma e silenciosa, quando eu podia passear pelas ruas e admirar os prédios que tinham a sorte de levar meu sobrenome.

Havia o Parker & Rose Collection, que possuía lotes em cada quarteirão do centro; o Grand Alaskan, cujos hóspedes de primeira linha encontravam privacidade sem igual; e meu hotel favorito entre todos, o que desbancara o Waldorf Astoria de seu posto de melhor hotel de luxo pelo décimo ano seguido: o Grand Rose, na Quinta Avenida.

Era meu centésimo hotel, o vigésimo na cidade. Também era o motivo pelo qual eu sabia que Nova York era minha e sempre seria. Todo hotel de luxo em Manhattan queria minhas mãos sobre ele, e as novas filiais do Hilton e do Marriott eram imitações infelizes. Eu tinha criado uma abordagem moderna para as redes luxuosas de hotéis. Todo o resto estava apenas pegando minha ideia emprestada.

– Seus jornais do dia, senhor. – Meu motorista os entregou para mim ao abrir a porta de tras do carro. – Manchetes interessantes hoje.

– Duvido.

Desdobrei um dos jornais da pilha enquanto ele dava partida para sair, grunhindo ao olhar para as palavras em destaque.

SENHOR NOVA YORK – RELATÓRIO BURBURINHO

Preston Parker, da rede de Hotéis Parker (nosso *Senhor Nova York* pela oitava semana consecutiva), foi flagrado saindo de seu apartamento na cobertura com a modelo Yara Westinghouse. Isso foi apenas dias depois de ter sido visto com Marsha Avery e semanas após ter sido visto com Hannah Bergstrom.

Nosso repórter o abordou na saída do condomínio para perguntar se algum de seus casos era sério, e ele respondeu com um "Cai fora da minha propriedade, caralho".

Como sempre, duvidamos de que essa figura um dia tenha uma namorada de longo prazo, mas é inegável que ele deixa nossa capa de outubro ainda mais linda.

O CEO MARRENTO PRESTON PARKER COMPRA A REDE DE HOTÉIS SONOMA E DEMITE A GERÊNCIA

O arrogante e implacável magnata do ramo de hotéis Preston Parker fez sua jogada mais impiedosa até agora. Mais uma vez, ele cortejou uma rede de hotéis por meses – fingindo que haveria uma fusão genuína, mas (sem causar tanta surpresa assim) demitiu todos os funcionários atuais. A equipe de imprensa internacional do Hotel Parker revelou que os Hotéis Sonoma em breve serão hotéis de luxo.

PRESTON PARKER, O *SENHOR NOVA YORK*, É PAI: QUEM É A CRIANÇA?

Uma mulher misteriosa que alega ter ficado com Preston Parker insiste que ele é pai de sua filha, nascida há duas semanas. Ela quer uma pensão alimentícia de quinhentos mil dólares por mês e exige que ele pague as contas médicas.

Mas que merda.

Joguei o jornal ao meu lado no banco e me concentrei em outros dois, balançando a cabeça a cada palavra infundada. O trabalho preguiçoso refletido nas manchetes começava a me irritar profundamente.

Os jornalistas de hoje em dia estavam dispostos a escrever qualquer coisa para vender suas matérias, e eu ainda não tinha visto nem a cor do dinheiro que me deviam pelo tanto de lucro que já havia rendido a eles.

Antigamente, eu era muito mais do que cruel – destroçava redes de hotéis para que não pudessem competir com o meu e comprava propriedades só para que ninguém mais colocasse as mãos nelas, mas isso ficou para trás. Já estabelecido no topo da minha área havia mais de uma década, não precisava mais ser tão perverso assim, o que também significava não ter muito pelo que comemorar.

As intermináveis festas nos meus iates, as festas mais que badaladas na cobertura... tudo isso foi perdendo a graça para mim com o passar dos anos, e o único motivo de continuar a ser visto com supermodelos era distrair a atenção da mídia de qualquer que fosse o negócio que eu estivesse fechando nos bastidores.

Se os jornais se dessem o trabalho de me lançar um olhar mais minucioso, veriam que tudo na minha vida era um déjà-vu permanente, tanto que eu podia prever todas as conversas que teria com as pessoas e nada conseguia mais me surpreender. Era reservado, nunca fazia amizades e sempre sabia a quantas andavam meus inimigos.

Já que o relacionamento com minha família era inexistente, eu mergulhava no trabalho e esperava que todo mundo ao meu redor fizesse o mesmo. Se eu era capaz de trabalhar no mínimo cem horas por semana, os demais também eram. Se eu não precisava dormir, os outros também não precisavam.

Quando, por fim, cheguei à sede da empresa, tirei um segundo para admirar o "s" em prata e cinza gravado no centro do saguão de mármore. Esperei para ver se meu assistente executivo apareceria com os relatórios matinais necessários e meu café favorito, mas três minutos se passaram, e nada.

Claro...

Irritado, peguei o elevador até meu escritório e, na mesma hora, fui recebido pela recepcionista principal do andar, Cynthia.

– Bom dia, senhor Parker! – Ela sempre era vibrante demais para aquele horário da manhã. – Como está hoje?

– Do mesmo jeito que ontem. Tem alguma ligação me aguardando?

Ela não respondeu, apenas sorriu e me encarou, piscando os olhos castanhos a intervalos mais frequentes que o normal.

– Tem alguma ligação me aguardando? – repeti. – Algum documento novo para ser assinado ainda na parte da manhã?

Ainda assim, ela não respondeu.

– Tem algum motivo em especial para você ficar me encarando assim em vez de responder às minhas perguntas?

– Vou responder às suas perguntas quando responder às minhas. – Ela abaixou o tom de voz. – Te mandei mensagem no celular pessoal ontem à noite. Por que não respondeu?

– Porque bloqueei seu número há três semanas.

– Eu só queria te mandar uma foto que tirei nas férias – disse ela. – Só estava usando a parte de baixo do biquíni.

– Estou esperando uma ligação do Rush Estate agora de manhã. – Recusei-me a continuar a conversa. – Pode repassá-la ao meu segundo ramal, para que eu possa gravá-la, por favor?

– A foto me fez parecer uma supermodelo – falou Cynthia. – Você costumava sair com supermodelos, não costumava? Pelo menos é o que aqueles Relatórios Burburinhos diziam.

– Também estou esperando a entrega de um arquivo da equipe nova de Berkley. Você tem minha autorização para aceitá-lo.

– Acho que já está na hora de você sair com uma mulher que come de verdade as batatas fritas, em vez de sair com garotas que só posam com fritas para fotos de redes sociais, sabe? – Ela balançou os quadris e sorriu. – Também acho que deveria dar uma chance a alguém próximo de você, só para variar.

Eu a encarei sem expressão. Esse tipo de merda acontecia de dois em dois dias. Se ela não flertava descaradamente comigo, tentava (e falhava nisso) me causar ciúmes fingindo falar com diversos homens ao telefone.

– É bom a ligação do Rush chegar no meu ramal quando for a hora – falei. – E você tem sorte de o seu trabalho ser impecável, Cynthia; do contrário, seria forçado a...

– Me punir? – Ela sorriu. – Pode me contar como faria isso?

Deus do céu. Deixei Cynthia falando sozinha e fechei a porta da minha sala. Ela era a recepcionista mais nova na empresa e também a melhor. Se fosse formada em Administração ou tivesse alguma experiência na área de Direito, até lhe daria uma chance como minha assistente executiva.

Em contrapartida, com as cantadas dela se tornando mais imprudentes e atrevidas dia após dia, talvez fosse melhor, no longo prazo, mantê-la a certa distância.

Sentei-me à mesa e percebi que meu café colombiano não estava esperando por mim. Nenhum recado sobre as reuniões do dia. Nenhum e-mail com uma justificativa. Em outras palavras, meu assistente estava, *mais uma vez,* querendo me tirar do sério.

Suspirando, abri o e-mail para perguntar quando meu café e meus recados chegariam, mas uma mensagem do meu procurador-chefe surgiu na tela.

Assunto: Seu assistente novo está na minha sala (mais uma vez)

Preston,

Por favor, venha até aqui. Agora.

George Tanner

Procurador-chefe, Parker International

Esse tipo de e-mail de George chegava religiosamente de duas em duas semanas, e a única coisa que mudava era a qual "assistente" ele se referia. Já tivera tantos que passei a chamar todos de Taylor, um nome adequado tanto para homens quanto para mulheres que me servia como curinga, já que nenhuma das pessoas contratadas durava tempo suficiente para que eu aprendesse o nome verdadeiro delas.

Fui até a sala dele e vi o Taylor da vez sentado no sofá. Vestido com um terno azul largo que estaria melhor na lixeira mais próxima, seus olhos estavam vermelhos e inchados, e ele parecia não ter tido uma boa noite de sono há dias.

– Diga ao senhor Parker o que acabou de me dizer – pediu George, entregando um lencinho de papel a meu assistente. – Vá em frente.

O Taylor da vez me olhou e soltou um longo suspiro.

– Senhor Parker, estou sobrecarregado com tudo o que preciso fazer para o senhor. Não consigo comer nem dormir, e sinto que este trabalho está consumindo minha vida.

– Você começou a trabalhar aqui há apenas duas semanas.

– Deixe-o concluir, Preston – alertou George e depois murmurou baixinho: – Não queremos arrumar encrenca com o RH, não é mesmo?

– Eu só... – Taylor fungou. – Só estou me esforçando tanto para satisfazer o senhor, e parece que nunca é o suficiente. Meu celular toca noite e dia, minha caixa de e-mails nunca tem menos de quinhentos não lidos, e acho que o senhor nem sabe meu nome.

Não fiz nenhuma menção para indicar que sabia.

Ele enxugou as lágrimas com a manga do paletó.

– Minha namorada tem que chegar em casa e me ouvir chorando por causa desse emprego todas as noites.

– Você *ainda* tem uma namorada, mesmo chorando todas as noites?

George me lançou um olhar sério, e eu cruzei os braços.

– Agradeço a oportunidade que o senhor me deu, mas, mesmo com o salário mais alto que puder oferecer, não é mais o suficiente para mim. – Ele fungou. – Estou pedindo oficialmente demissão imediata.

– A maioria dos contratados costuma dar aviso-prévio de duas semanas – falei. – Não sei por que precisei vir até aqui ouvir suas lamentações.

– O que o senhor Parker *quis* dizer é que ele aceita sua demissão. – George balançou a cabeça para mim. – E, já que queremos começar com o pé direito com a próxima pessoa que vamos contratar, houve alguma coisa que o senhor Parker fez que o tenha deixado incomodado? Há alguma sugestão do que podemos melhorar?

– Sim – assentiu ele. – Semana passada, ele me fez atualizar o celular pessoal dele.

– Nossa, que *absurdo*. – Olhei para o meu relógio.

– Foi um absurdo mesmo, senhor. As coisas ditas em algumas mensagens antigas, mensagens de tantas mulheres diferentes... Aquilo me traumatizou.

– O que essas mensagens diziam, exatamente? – perguntou George.

– Mensagens excessivamente visuais. – Taylor desviou o olhar. – "Minha bocetinha está com saudades. Por que você não veio mais aqui em casa me comer com esse pau gostoso? Você tem a maior rola que já engoli... Posso engolir de novo? Acho que nunca me foderam como..."

– Ok, já chega. – Resisti ao impulso de revirar os olhos. – Obrigado pelo seu trabalho na Parker International, Taylor. Tenho certeza de que ninguém sentirá sua falta.

– Meu nome é Jim. É por isso mesmo que estou me demitindo.

– Está se demitindo porque é um incompetente. – Peguei meu celular e mandei outro e-mail de *Mais uma demissão para a conta* ao RH. – Pode pegar seu pacote de despedida e o último cheque no subsolo.

Ele se inclinou e deu um abraço em George, que durou muito mais segundos que o necessário, e, depois, encaminhou-se para a porta.

Assim que a porta se fechou, George soltou um suspiro.

– Bem, lá se vai minha ideia de que um rapaz de Harvard conseguiria fazer o que todas as suas decepções anteriores não conseguiram. Sabia que você é o único CEO no ramo de hotéis de luxo que não é capaz de dizer quem é seu assistente executivo de confiança?

– Só sei que sou o CEO mais bem-sucedido no ramo de hotéis de luxo – falei, aproximando-me das janelas. – É tudo o que importa a esta altura.

– Que seja – falou ele, pigarreando. – Antes de prosseguirmos com esse assunto interminável, precisamos discutir sua última mudança de cortesias. – Ele andou pela sala. – Não entendo por que inventou de fornecer gratuitamente café da manhã gourmet em alguns dos seus hotéis. Você não é dono do Hampton Inn.

– O Hampton Inn não oferece café da manhã *gourmet*.

– Você entendeu o que eu quis dizer, Preston. Hotéis de luxo são chamados assim porque os hóspedes pagam por tudo. Quanto mais estrelas e lucros para nós, menos coisas de graça para eles.

– É só um experimento – falei. – Parece estar funcionando. A receita subiu dez por cento.

– Bem, espero que isso dure mais do que a próxima pessoa que será sua assistente. – Ele me jogou uma pasta azul.

– O que é isso?

– O currículo e a carta de intenção da sua nova assistente – respondeu George. – Tomei a liberdade de escolher a próxima e garanto que ela vai durar mais do que apenas alguns meses.

Folheei a papelada e soube, na mesma hora, que ela não duraria mais que uma semana. Ela era como qualquer outra assistente que havia sido recomendada a mim antes. Formada em uma das universidades mais consagradas do país, com anos de experiência em gerência de hotéis, definitivamente destinada ao fracasso. Até mesmo sua declaração pessoal de por que queria trabalhar para mim soava como um alerta de desastre iminente.

Acredito veementemente que posso ajudar a tornar Preston Parker o melhor CEO que ele poderá ser, pois serei a melhor assistente executiva que ele já contratou.

Nunca mencionei a George, mas achava irônico o modo como havia ascendido nas classificações da hotelaria antes mesmo de adquirir meus títulos em Administração; como os primeiros hotéis que assumi haviam sido conquistados pela vontade e pelo desespero por sucesso, nada mais.

Por que nunca demos uma chance a alguém assim?

– Como pode ver, ela se formou em Yale como a melhor da turma. – George sorriu ao falar; eram as mesmas palavras que ele havia dito centenas de vezes antes. – Não só trabalha no ramo de hotéis há mais de dez anos como também dedicou uma quantidade de horas significativa ao departamento de marketing e ao posicionamento de marca do Hilton, do Marriott e do Starwood. Acho que devia tentar tirar dela informações privilegiadas sobre a concorrência.

– Sou o número um há dez anos. Não tenho concorrência.

– Mas vai ter, se não começar a ter apoio. – Ele soltou um grunhido. – Em algum momento você vai ter que aceitar que precisa de um puta assistente executivo para te ajudar a manter esse negócio no topo. Alguém que possa não só dar apoio aqui, mas que também possa te substituir em reuniões quando enfim decidir se dar uma folga ou até, vamos bater na madeira, tirar umas férias, como qualquer pessoa normal.

– Tá. – Fechei a pasta e a entreguei a ele. – Me dá umas semanas para escolher a próxima assistente; se não der certo, fico com a sua escolha.

– Justo – disse George. – Mas quero estar presente em todas as entrevistas.

– Por quê? Não confia no meu processo de seleção?

– Agora que sei que estão chovendo mensagens sobre bocetas no seu celular e que você quer que sua próxima assistente seja uma mulher? *Com certeza, não confio nem um pouco.*

DOIS

Preston

Algumas semanas depois

Por favor, não seja mais uma decepção...

– Pode me contar um pouco sobre sua experiência prévia na Toys 'R' Us, senhorita Jackson? – perguntei para a ruiva sentada à minha frente. – No seu currículo, consta que trabalhou como vendedora sênior.

– Isso mesmo. – Ela sorriu. – Eu, hum, trabalhei bastante com finanças e envios de mercadoria.

Tamborilei os dedos na mesa. Por enquanto, ela parecia ser impressionante, mas tinha algo errado ali. Ela corava toda vez que seus olhos encontravam os meus – *já esperado*, mas, sempre que fazíamos uma pergunta, ela olhava para as mãos como se tivesse escrito uma cola na palma.

Que tipo de pessoa precisa fazer uma cola para uma entrevista?

– Sinto muito que, no final, a empresa tenha precisado fechar as portas – disse George. – O que acha que pode trazer da sua experiência no mundo dos brinquedos para o mundo dos hotéis?

– Ah, muita coisa. Tenho bastante experiência com satisfação de clientes, certificando-me de que as metas sejam alcançadas a cada mês e fornecendo serviço da maior qualidade.

George assentiu, parecendo consideravelmente satisfeito.

– Já trabalhou em algum projeto com Tim Lause, um amigo próximo meu?

– Quem?

– Tim Lause – repetiu ele. – O chefe do departamento de vendas. Se atuou nesse setor, deve ter trabalhado em pelo menos alguns projetos com ele, correto?

– Ah, sim. Certo. Com certeza. Muitos projetos com o senhor Lause.

– Pode nos dizer de que natureza? – perguntei. – Descrever em detalhes em que esses projetos consistiam?

– Ah, é... – As bochechas dela ficaram vermelhas, e ela abaixou o olhar para a mão de novo. – Eu... minha...

– Estamos muito impressionados com seu conhecimento de vogais, senhorita Jackson – falei. – Mas estou mais interessado nos detalhes dos últimos projetos dos quais participou.

Ela não abriu a boca.

– Precisa que eu repita a pergunta? – falei. – Você não sabe de quais projetos estou falando?

– Certo, olha – ela arregalou os olhos quando ficou de pé –, só coloquei a Toys 'R' Us no currículo porque eles declararam falência e pensei que não teria como vocês ligarem para alguém atrás de referências. Costumo usar outras empresas falidas como meu emprego mais recente e acho que deveria ter continuado com elas desta vez. Que saco.

– Então nunca trabalhou na Toys 'R' Us? – perguntou George.

– Eu comprava lá o tempo todo.

– Você é mesmo formada em Direito em Yale?

– Não, mas participei de um dos programas de verão deles quando estava no último ano do ensino médio. – Ela olhou para um ponto entre nós dois. – Minhas notas eram perfeitas. E, antes que perguntem, não menti sobre ser boa em serviço ao cliente. Podem perguntar para a minha gerente no Starbucks. Não tem ninguém que faça um *pumpkin spice latte* como eu.

– Ok. – Fechei a pasta dela. – Pode ir agora.

– Posso esperar uma ligação de vocês para agendarmos a entrevista da próxima etapa?

Nós dois só a encaramos.

– E, então, isso é tipo um não?

– É um *nem a pau*. – Apontei para a porta. – Cai fora. Agora.

A mulher bufou e pegou a bolsa, batendo a porta da minha sala ao ir embora.

– Se você sequer *cogitar* chamá-la para outra entrevista... – disse George.

– Estou é pensando em cobrá-la pelo tempo que me fez perder.

Enquanto riscava o nome dela da lista, uma das executivas financeiras, Linda, entrou no escritório.

– Desculpe a intromissão fora de hora, senhor Parker – disse ela. – Mas acabei de recalcular os relatórios de lucros e prejuízos do Hotel Grand Rose.

– E?

– Parece que os prejuízos recentes não podem ser atribuídos a nada em particular e são bem ínfimos. Cerca de cinco mil e quinhentos dólares por mês. – Ela veio até mim e me entregou um papel com suas anotações.

Cerrei o maxilar. Nenhum prejuízo era "bem ínfimo" na minha empresa, e eu sempre precisava saber onde cada centavo estava sendo colocado.

– Posso presumir que tem alguém me roubando? – perguntei.

– Pelo contrário, senhor. Os gerentes do Grand Rose estão certos de que o prejuízo é por causa de um hóspede. Na verdade, dizem que a causa foi alguém que não se hospedou.

George e eu nos entreolhamos, e eu soube sem sombra de dúvidas que algum funcionário meu estava mentindo para mim *e* me roubando. Pensei que, ao arruinar pessoalmente a carreira das últimas pessoas que ousaram me roubar, nunca mais precisaria esquentar a cabeça com isso, mas alguém estava prestes a receber um lembrete grosseiro de quanto posso ser um pé no saco.

– Diga que irei até lá semana que vem para que me deem a honra de explicar como é que alguém que não se hospedou conseguiu me roubar milhares de dólares – falei, o sangue fervendo. – Diga que quero ver tudo impresso, e, se não houver uma explicação para cada centavo, vou demitir todos eles e me certificar pessoalmente de que nunca mais arrumem um emprego nesta cidade. E você será a próxima se eu descobrir que os está encobrindo. Tem mais alguma coisa que precisa me contar?

– Não. – Ela engoliu em seco e foi para a porta. – Só isso, senhor.

Repassei os números mentalmente e tamborilei os dedos na mesa.

Cinco mil e quinhentos dólares por mês em uma propriedade durante os doze meses do ano dá um pouco mais de sessenta mil dólares. Se isso se repetir em mais quatro proprie-dades, vão acabar conseguindo mais de um quarto de milhão. Que tipo de pessoa tentaria fazer uma merda dessas achando que não seria descoberta?

– Tive uma ideia, Preston. – George interrompeu meus pensamen-tos. – Bem, fora o fato de você ter acabado de ameaçar demiti-la, por que nunca pediu a Linda para ser sua assistente executiva?

– Já pedi, sim. Ela recusou. Disse que eu já a faço beber, e o marido dela não quer que ela trabalhe tão próximo a mim.

– E Cynthia?

– Ela só tem vinte anos. – *E quer transar comigo.*

– Bem, talvez ela pudesse se ajustar ao cargo com o tempo. Você só tinha vinte anos quando comprou seu primeiro hotel, e olha só como transformou aquela espelunca. Olha só o tanto que você conquistou nos últimos dezenove anos. Talvez Cynthia seja a próxima Preston Parker a sair do forno.

– Eu te garanto que não é.

– Não está disposto a dar uma chance a ela?

– Não quero *nem pensar* nessa hipótese.

– Bem, eu acho uma boa ideia.

– Vou te mostrar por que não é. Liguei para o ramal dela. – Cynthia, pode vir ao escritório, por favor?

– Com todo prazer, senhor Parker.

Em segundos, ela apareceu na minha sala. Suas bochechas estavam coradas, e a saia, definitivamente alguns centímetros mais curta do que estava mais cedo.

– Ah. – Ela parou quando viu George. – Achei que tinha me cha-mado para ficarmos *a sós*. – Pigarreou. – Como posso ajudá-lo esta tarde, senhor Parker?

– Como você bem sabe, estou procurando uma nova pessoa para a posição de assistente executiva. Queria saber se teria interesse em ser minha assistente executiva interina, caso as próximas entrevistas não corram bem.

– Ah, mas é claro. – Ela mordeu o lábio inferior, corando ainda mais. – Se um dia eu me tornar sua assistente executiva oficial, vou ser eu quem você vai procurar para tudo? Tipo, vamos passar bastante tempo juntos?

– Sim.

– Tipo reuniões privadas e viagens de negócios que vão durar várias noites longe de Nova York? *Sozinhos?*

– Sim.

– E vamos ter que dividir um quarto de hotel quando viajarmos?

– De jeito nenhum. Comumente, a pessoa na posição de minha assistente executiva fica com um quarto separado nessas viagens.

– Nossa, mas eu não te daria o trabalho de pegar um quarto extra. Adoraria te poupar dinheiro, e nada na nossa relação precisaria ser como o habitual. – Ela chegou mais perto, os olhos se abrindo ainda mais a cada passo. – Ao menos não no começo. Eu pegaria leve, deixaria você ir com calma, mas preciso ser sincera e admitir que gosto de quando vai com tudo, sem aliviar para o meu lado. Se nos dermos muito bem, depois de alguns meses sendo sua assistente executiva, deveríamos discutir...

– Ok, *basta*. – George não a deixou concluir sua fala. – Obrigado por ter vindo, Cynthia. Te avisaremos caso as últimas entrevistas não rendam o que esperamos.

– Espero *mesmo* que não deem em nada. – Ela passou a língua pelos lábios como um animal faminto e, depois, sorriu para mim antes de sair da sala.

Quando ela fechou a porta, George olhou para mim.

– Ela está fazendo investidas sexuais diretas, e você ainda não a demitiu? Por quê?

– Porque o trabalho dela é excelente. E ela é uma das poucas pessoas na minha equipe que não choram quando eu peço várias coisas ao mesmo tempo.

– Bom saber. – Ele abriu o notebook e o colocou na minha mesa. – Antes de começarmos as tarefas do dia, estava para te perguntar. Vai viajar para passar as festas de fim de ano com sua família? Sei que não costuma fazer isso, mas estou planejando o calendário executivo e queria saber.

– Não tenho família – falei com voz tensa. – Já discutimos isso antes.

Não importava quanto eu fosse próximo de George, discussões sobre minha família (ou a falta de uma, no caso) eram proibidas. Nunca falava dos meus parentes com ninguém e não tinha planos de mudar isso em um futuro próximo.

– Sei como se sente sobre o assunto, eu só... – Ele mudou de assunto quando viu minha cara. – Tudo bem. Então, vamos à minha última pesquisa. – George me mostrou suas descobertas mais recentes e se ateve aos temas que eu preferia discutir. Depois de quatro horas revisando as ramificações legais do último negócio que fechei, ele saiu do meu escritório.

Ainda inquieto e precisando preencher meu tempo com trabalho, pedi a Linda que me repassasse por e-mail os números do Grand Rose para que pudesse vê-los por conta própria. Assim que terminei de recalcular o prejuízo, soube que algo não estava batendo.

As perdas aconteciam nos mesmos três dias da semana e, independentemente do motivo, sempre se davam pela manhã. Peguei a planilha de quando o dinheiro era retirado no hotel e vi que todas correspondiam àquelas datas.

Espumando, solicitei ao RH que fizesse cartas de demissão para os oito gerentes e pedi a George que reunisse a equipe jurídica e se preparasse para um processo.

Peguei o celular e liguei para o hotel.

– Aqui é Preston Parker, seu chefe. Vou passar aí amanhã para demitir quem está me roubando.

TRÊS

Tara

Estava oficialmente convicta de que não tinha nada pior do que ser jovem, não ter grana e estar desempregada em Nova York.

Nada.

Com exatamente quinze dólares e quarenta e oito centavos na conta do banco, cada dia era uma luta para chegar ao seguinte, e sabia que, se não conseguisse um emprego logo, não teria onde morar.

Meus diplomas em Administração poderiam muito bem ter sido impressos em papel higiênico, de tanta merda que já tinham trazido para a minha vida. Eu era como qualquer outra garota que havia se mudado para cá depois de estudar Direito, com altas expectativas e grandes sonhos, percebendo que meu apartamento dos sonhos em Manhattan teria de ser um flat compartilhado no Brooklyn e que meu emprego dos sonhos na Fortune 500 teria de ser uma vida de ghost--writer freelancer, escrevendo em segredo histórias como *Engravidada pelo primo do meu namorado: o dominador*, cada uma me rendendo um mísero pagamento de uns três dígitos.

Apesar de conseguir fazer umas quatro ou cinco entrevistas por semana, era muito raro me chamarem de volta para a próxima etapa do processo seletivo. De modo geral, só me mandavam e-mails frios de rejeição.

Nos últimos seis meses, candidatei-me a mais de trezentas vagas, e todas as noites, entre lágrimas e a tigela de miojo comida pela metade, eu pesquisava: *é possível processar a faculdade se não conseguir emprego depois de me formar?*

Estava quase tentada a voltar a Pittsburgh, mas meu coração não me permitia. Tinha me esforçado demais para desistir agora e sabia que alguém, uma hora ou outra, acabaria me contratando.

– *Quem desiste nunca ganha, e quem ganha nunca desiste, Tara. Hoje você com certeza vai conseguir este emprego* – murmurei para mim mesma ao fazer um rabo de cavalo caindo para o lado. Olhei-me no espelho uma última vez, checando se o vestido azul-marinho de fato não estava amassado, depois peguei a bolsa e abri a janela para a saída de incêndio.

Do lado de fora, peguei um punhado de embalagens de camisinha da bolsa, enfiando-as com delicadeza entre a soleira e o vidro, para conseguir abrir a janela depois. Minha colega de quarto e eu estávamos com sete dias de atraso no aluguel e precisávamos ter acesso às nossas coisas caso o proprietário decidisse nos botar para fora.

– Você está aí, Tara? – Uma voz rouca bateu à porta enquanto eu descia pela saída de incêndio. – É você roncando, Ava? Cadê a porra do meu dinheiro?

Não respondi. Continuei descendo e saí correndo até a estação de metrô assim que meus pés tocaram o chão. Cheguei às escadas da estação e pulei a catraca, chegando bem a tempo de pegar o trem C até Manhattan.

Segurando na barra, fechei os olhos quando o trem partiu. Respirei fundo e repassei as falas que tinha ensaiado nas últimas horas.

Quero trabalhar na Bolsa de Valores da Russ porque acredito que serei um ótimo recurso para sua empresa. Fiz minhas pesquisas e criei uma apresentação sobre como acredito que podemos competir com os concorrentes. Se me derem uma chance, garanto que não vão se arrepender. Por favor, só preciso de uma chance...

– Você está chegando em Manhattan – anunciou o sistema do trem, trazendo-me de volta à realidade.

Saí correndo assim que as portas se abriram e fui até as ruas abarrotadas, a caminho do meu próximo transporte: o ônibus turístico da Gray Line.

Colocando um par de óculos escuros, peguei um bilhete antigo do bolso e o mostrei ao motorista.

– Bem-vinda a bordo, senhorita – cumprimentou ele. – Bom passeio.

– Obrigada.

Peguei um assento próximo ao fundo e, nervosa, balancei o pé, esperando que ninguém viesse até mim para checar mais uma vez o carimbo de dia e horário do meu bilhete. Muitos turistas entraram no ônibus, ocupando os assentos ao redor, e eu suspirei de alívio.

– Sejam bem-vindos à Big Apple, pessoal! – O guia turístico ficou parado no meio do corredor quando o ônibus ganhou a rua. – Nosso tour dura metade do dia e vai nos levar à Times Square, à Broadway e ao rio Hudson. Vamos fazer algumas paradas em pontos turísticos ao longo do percurso, mas, antes que eu comece a entretê-los com piadas ruins e informações sobre a grande história de nossa cidade, preciso escanear cada um dos bilhetes de vocês. Podem me mostrar, vou passar verificando.

Merda.

Virei-me no banco, torcendo para que ele passasse reto por mim. Depois, olhei para o céu, que começava a ficar cinza, perguntando-me se o universo enfim me daria uma trégua e faria um bilhete de verdade aparecer na minha mão. Isso ou apenas deixar o ônibus seguir caminho por mais cinco quadras, até que estivesse mais perto do local da minha próxima entrevista.

– Senhorita? – O guia turístico parou na minha frente, acabando com toda a minha esperança. – A senhorita tem um bilhete para este tour?

Assenti.

– Posso escaneá-lo?

– Ah, eu perdi na última parada. Me desculpe.

– Ainda não fizemos parada nenhuma.

– Tem certeza?

– Deixe-me ver o bilhete. – Ele estreitou os olhos para mim. – Agora.

– Ok, olha só. Eu não tenho um bilhete, mas...

– Pare o ônibus! – gritou ele. – Temos uma trambiqueira a bordo!

– O quê? Eu não sou trambiqueira. – Minhas bochechas ficaram vermelhas. – Só não tenho dinheiro para pegar um táxi agora, então estou usando seu ônibus. Quando arranjar um emprego, prometo que vou devolver o dinheiro de todas as caronas que já me deram.

– Você já pegou caronas clandestinas com a gente antes?

– Vai chover já, já – falei, suplicando. – Não pode só me deixar ir até a primeira parada? Tenho uma entrevista muito importante e não quero causar má impressão.

– Não é problema meu. – Ele apontou para a porta. – Quantas caroninhas gratuitas você já pegou com a gente?

O ônibus freou com tudo. Levantei-me e passei pelo homem antes de responder à pergunta.

Colocando os pés na calçada, olhei por cima do ombro enquanto o guia indicava aos passageiros que olhassem para mim.

– Senhoras e senhores, se olharem à sua direita, verão um exemplo perfeito da escória de Nova York – falou ele no microfone. – Espero, de verdade, que isso seja o mais próximo que cheguem de encontrar esse tipo de gentalha por aqui. Rápido! Vejam se ainda estão com a carteira antes de seguirmos nosso caminho.

Houve uma explosão de risadas, e senti lágrimas brotando dos meus olhos.

Sem querer deixá-las cair, comecei minha longa caminhada pela Quinta Avenida. Ensaiei meu discurso para a entrevista repetidas vezes, convencendo a mim mesma de que hoje realmente era o dia em que conseguiria meu emprego dos sonhos.

Quando cheguei ao edifício certo, percebi que ainda tinha meia hora de sobra antes da entrevista. Meu estômago roncava intensamente, e, embora eu tivesse prometido que nunca roubaria comida de novo, minha fome estava me dominando.

Fui até o corredor e fiquei parada na frente da entrada dourada e magnífica do Hotel Grand Rose.

– Bom dia, senhorita. – Os dois porteiros sorriram em uníssono ao abrirem as portas e me deixarem entrar no hotel mais luxuoso de Manhattan.

Como sempre, fiquei abobada e boquiaberta no saguão por vários minutos, assimilando a visão.

Havia lustres brancos e reluzentes suspensos do teto, uma fonte de água no formato de uma rosa no centro e a letra "P" gravada em dourado no meio do chão de mármore.

Os gerentes na recepção da entrada estavam vestidos em ternos azuis e cinza, como sempre, e só levou cinco segundos para ouvi-los repetindo o mantra do hotel:

— *Não vendemos apenas quartos de hotel. Vendemos um estilo de vida.*

Com as minhas "estadias" aleatórias e ilegais ali, tinha descoberto que havia seis restaurantes, quatro spas, uma piscina imensa e um *lounge* no terraço. Ainda assim, a melhor parte deste hotel era aquela que tinha salvado a minha vida nos últimos meses – o salão de café da manhã gratuito.

Ao contrário das filiais do Hampton Inn que eu frequentava de tempos em tempos, ali eles serviam um café da manhã gourmet. Morangos cobertos com chocolate, bagels com manteiga trufada, panquecas feitas com farinha à sua escolha, omeletes artesanais e uma equipe de funcionários que não fazia muitas perguntas. (Para o caso de fazerem, eu deixava uma chave do hotel "perdida" no bolso de trás, para garantir que daria conta de me passar por uma hóspede em qualquer momento que fosse necessário.)

O som leve do trovão lá fora me fez perceber que precisava correr para dar logo o fora dali.

Fique calma e continue focada...

Com água na boca, fui até o bufê e olhei por cima do ombro, vendo a recepção e verificando se não havia ninguém me observando. Convencida de que a barra estava limpa, peguei um prato e o enchi com morangos frescos cortados e croissants. Besuntei um bagel com pasta de canela trufada e comecei a preparar uma xícara de café. Antes que pudesse atravessar o corredor e sair pela entrada lateral, como sempre fazia, um homem mais velho vestido com um terno cinza entrou na minha frente.

— Com licença, senhorita. Está hospedada aqui?

Eita. Desmascarada duas vezes num só dia?

– O quê? – enrolei, olhando em volta em busca de outra saída, só para o caso de ele tentar bloquear minha passagem. – Estou ofendida com a pergunta.

– Que você ainda *não* respondeu. – Ele cruzou os braços. – Está hospedada neste hotel?

– Sim. Sim, é claro, estou.

– Ok, ótimo. – Ele pegou um aparelho no bolso. – Se importaria de me dizer o número do seu quarto?

– Hum. – Senti minhas bochechas corando e meus dedos suando ao segurar o prato de café da manhã. – Por quê?

– Tenho meus motivos. – Ele clicou na tela. – Parece que estamos tendo prejuízos sérios quando se trata de *uma certa pessoa desconhecida* que entra aqui e rouba do bufê de café da manhã, então queremos checar se todo mundo aqui de fato está hospedado.

– Mas será mesmo que é roubo, se o bufê é gratuito? – perguntei. – Quero dizer, como se avalia esse tipo de coisa no dia a dia?

– Ok. – Ele guardou o aparelho. – Vou chamar a segurança.

Assim que a palavra "segurança" saiu de seus lábios, larguei o prato e corri para as portas. Em pânico, empurrei os hóspedes de verdade e suas malas chiques, mas, antes que pudesse sentir o gosto do ar fresco, colidi de cara com um novo terno.

Meu corpo atingiu o chão com um baque, e senti uma dor instantânea nas mãos por ter tentado amortecer a queda. Levantei-me com rapidez, pegando a bolsa e o celular.

Fui até as portas de novo, mas o homem de terno em que eu tinha batido estava parado na minha frente, bloqueando-me. E, então, ele me fez perder o ar.

Ai. Meu. DEUS.

– Acho que esqueceu uma coisa. – Ele pegou duas das minhas embalagens de camisinha e sorriu. – Com certeza vai precisar disso para usar com a *pessoa* na direção da qual você está fugindo. Não acha?

Sem conseguir falar, puxei-as da mão dele e as enfiei de volta na bolsa. Depois, só fiquei parada, atravessada pelos lindos olhos verde-acinzentados do homem. Com seu maxilar perfeitamente anguloso e o cabelo preto pelo qual eu estava tentada a passar os dedos, ele era o cúmulo da perfeição.

Enquanto eu o encarava, seus lábios se curvaram em um sorriso lento e sedutor, fazendo-o parecer ter saído da capa de uma revista da GQ.

Não precisei olhar duas vezes para concluir que a gravata que ele usava era de uma marca que produzia roupas sob medida e provavelmente custava mais do que eu ganharia em uma semana. O terno de três peças evidenciava os músculos bem definidos que ele ocultava, e logo reconheci o relógio prata cravejado de diamantes que ele usava. Já o tinha visto duas vezes na vida. A primeira tinha sido no pulso de um CEO da Fortune 500 durante uma entrevista e outra vez na minha pasta do Pinterest chamada "Coisas que nunca vou ter dinheiro para comprar".

O homem de terno me olhava com a mesma concentração com que eu olhava para ele, e eu não conseguiria quebrar aquela hipnose, mesmo que tentasse. Senti meus mamilos enrijecendo sob o vestido e tive certeza de que minha calcinha estava molhada.

Antes que pudesse me forçar a voltar à realidade e me lembrar de que precisava estar correndo, e não encarando alguém, o outro homem, do terno cinza, se aproximou.

– Senhor Parker! – Ele se colocou entre nós dois, ofegante. – Não esperávamos o senhor antes das dez. Ainda estamos preparando os relatórios.

– Aposto que sim – disse ele, ainda me encarando. – Queria estar presente assim que terminassem, para que eu possa demitir o responsável por esses prejuízos inexplicáveis.

– Bem, o senhor está olhando para a causa número um desses prejuízos. – Ele estreitou os olhos para mim. – A jovem à sua frente tem roubado nosso café da manhã gourmet já há dois meses. Ela vem de três a quatro vezes na semana, ocasionalmente mais de uma vez por dia, fingindo estar hospedada aqui, e depois vai embora antes que possamos abordá-la. Temos certeza de que ela tem uma chave de quarto perdida e que usa a entrada lateral vez ou outra. Ela espera algum hóspede entrar e mostra a chave falsa para conseguir entrar logo em seguida.

O homem de terno inclinou a cabeça para o lado, parecendo achar um pouco de graça, mas seu sorriso não perdurou.

– Você sabe que roubar é *crime*, não sabe? – perguntou ele, encarando-me. – Que a soma do total que roubou de mim configura mais do que pequenos furtos?

Assenti. Minha voz estava presa na garganta, e não consegui responder a tempo.

– Estou com a polícia na linha um, e a equipe de segurança já está descendo, senhor. Posso dar meu depoimento sobre esta criminosa que quase nos custou nossos empregos.

– Diga para que não venham – disse o homem de terno. – Agora.

– *O quê?*

– Você me ouviu – disse ele, olhando para mim. – Acho que podemos conversar sobre isso como adultos, não acha, senhorita... – Ele se deteve. – Qual é o seu nome?

– Ashley Smith.

– Seu nome *verdadeiro* – falou ele, sabendo muito bem que eu estava mentindo. – Aquele que você usa quando não é flagrada roubando. Se não quiser me dizer, posso obrigá-la a contar às autoridades.

– Tara – disse, rendendo-me. – Tara Lauren.

– Senhorita Lauren, sou Preston Parker – apresentou-se ele. – Gostaria de dizer que é um prazer conhecê-la, mas não gosto de pessoas roubando dos meus hotéis.

– Me desculpe – murmurei. – Acredito que seja o gerente?

– Não, eu sou o *dono*. – O jeito como ele pronunciou aquelas palavras me excitou, por algum motivo. – Vamos conversar. Ele gesticulou para que eu o seguisse e me conduziu para longe do homem do terno cinza amarrotado.

Ele olhou para a comida que eu tinha derrubado no chão e foi até o bufê de café da manhã. Pegou um prato e o encheu de morangos frescos e croissants, depois passou manteiga trufada em um bagel sem glúten, antes de entregá-lo para mim.

Não tirou os olhos de mim enquanto caminhávamos para os elevadores, olhando-me de cima a baixo a cada passo, e eu honestamente não sabia se ele estava me levando a um lugar onde me faria prender longe dos olhos das outras pessoas.

Evitei seu olhar fumegante enquanto subíamos, grata por haver outros hóspedes entre nós dois. Quando chegamos ao terceiro andar, os hóspedes restantes desceram do elevador, e ele colocou uma chave contra o leitor, depois pressionou o botão que indicava *Suíte Preston*.

As portas se abriram segundos depois, revelando um chão dourado e cintilante que era ainda mais extraordinário que o do térreo.

– Bom dia, senhor Parker – disse uma mulher atrás do balcão. – Que bom tê-lo aqui hoje.

– Bom dia – ele respondeu sem olhar para ela, e todas as outras pessoas no andar se espalharam em direções opostas.

Por que todo mundo parece estar com medo?

– Por aqui, senhorita Lauren. – Ele abriu a porta para uma sala que era dez vezes maior que meu apartamento. Ao entrar, as luzes se acenderam e as persianas da janela subiram, revelando uma vista da cidade digna de uma pintura; ela parecia ter saído de um sonho.

Mordi a língua para me impedir de dizer algo poético sobre a paisagem e para me prevenir de dizer a ele que devia se sentir muito sortudo por ter tudo aquilo.

Dali de cima, a chuva caindo não parecia tão ruim. Dali, Nova York ainda parecia mágica, como eu antes imaginava.

– Pode se sentar – ele disse, puxando uma cadeira para mim. Esperou que eu me sentasse antes de ir para trás da mesa e, depois, reclinou-se na cadeira, encarando-me com aqueles olhos verdes lindos e deixando-me ainda mais molhada, contra a minha vontade.

– Então, senhorita Lauren – tamborilou os dedos contra a madeira –, tem alguma razão em particular para estar me roubando?

– Talvez.

– E pode, por favor, me dizer qual é essa razão para que "talvez" exista?

– Preciso de uma garantia de que não está me gravando em segredo para me entregar às autoridades assim que eu confessar.

34

– Se quisesse chamar as autoridades, jamais a teria convidado ao meu escritório, senhorita Lauren. – Ele continuou me olhando. – Teria acionado a delegacia do outro lado da rua, e você mal teria passado da esquina.

– Ah, certo. – Pigarreei, e ele imediatamente pegou o jarro de água em sua mesa, enchendo um copo para mim.

– Agora, onde estávamos? – Esperou até que eu tivesse dado alguns goles. – Ah, sim. Você estava prestes a parar de me enrolar e responder à minha pergunta sobre por que tem roubado do meu hotel.

– Não achei que estivesse roubando do senhor, pessoalmente – falei. – Só está difícil segurar as pontas agora, e por coincidência seu hotel é perto de onde todas as minhas últimas entrevistas estavam marcadas. Eu tinha planos de devolver o dinheiro quando conseguisse um emprego. – Peguei o celular e abri o calendário, mostrando a tela para ele. – O xis vermelho indica todas as vezes que tomei café da manhã aqui. Ia multiplicar isso por quinze dólares e…

– O custo do café da manhã gourmet para quem não está hospedado nos meus hotéis é de *oitenta e cinco dólares* – ele me interrompeu.

Silêncio.

– Hum, bem… – Pisquei. – Provavelmente ainda vou ter que multiplicar as marcações com o xis vermelho por quinze e mandar ao gerente… bem, a você um pedido de desculpas com um cheque.

– O que significam os xis em azul?

As vezes em que roubei o almoço gourmet daqui.

– São os dias em que vou à academia.

– Você já tem a palavra "academia" indicada em outros dias.

– Deve ser um bug. – Abaixei o celular. – Mas estou falando sério sobre devolver a grana. Farei uma terceira entrevista com uma empresa hoje e tenho certeza de que serei contratada. Estou muito confiante em relação a isso.

– Em qual empresa vai fazer entrevista? – perguntou ele.

– A Bolsa de Valores da Russ. – Arquejei ao olhar de novo para o meu celular. Estava dois minutos atrasada para a entrevista.

– Algum problema, senhorita Lauren?

– Sim... estou perdendo a entrevista agora. Acha que poderia ligar para eles e dizer por que vou me atrasar?

Ele me encarou.

– Certo. Bem, eu... hum... – Engoli em seco. – Obrigada por não chamar a polícia. Preciso ir.

– Nossa conversa não acabou. – A voz dele era firme. – Para qual cargo é sua entrevista?

– Era – falei, duvidando de que me dariam outra chance agora. – Era para ser a assistente executiva do CEO.

Ele levantou uma das sobrancelhas.

– Você tem formação em Administração?

– Sim, e também em Direito. Não que sirva de alguma coisa.

– Onde foi seu último emprego?

– Ainda estou procurando o primeiro. – Ele me olhou com seriedade por um longo momento, sem dizer uma única palavra, e eu não sabia ao certo se ele diria mais alguma coisa. E, agora, pela primeira vez desde que tinha me mudado para Nova York, estava pronta para desabar e chorar. – Bem, muito obrigada por, hum, me ouvir falar sobre isso – disse, levantando-me. – Agradeço.

– Devia mesmo. – Ele se reclinou na cadeira de novo. – Posso ficar tranquilo quanto ao fato de não roubar mais comida de nenhum dos meus hotéis?

– Só se você não for o dono do Grand Alaskan na Quinta Avenida.

– Por acaso eu sou o dono do Grand Alaskan na Quinta Avenida.

– Ah. – *Merda*. – Do The Loft na Wall Street também?

– *Sim*. – Ele estreitou os olhos para mim. – Você não tem familiaridade com o meu portfólio de hotéis?

– Não, mas vou pesquisar os nomes alternativos para os Hotéis Marriott e Hilton hoje à noite, e prometo evitá-los também.

– Este é o Hotel *Parker*, senhorita Lauren. – Ele parecia ofendido. – Só tem vinte nesta cidade, e nossa receita é maior do que a dos Hotéis Marriott e Hilton *juntos*.

– Ah...

– É – disse ele. – *Ah* mesmo.

– Bem, neste caso, se importaria mesmo se eu *não* devolvesse o dinheiro? E se só te mandasse um pedido de desculpas oficial, sem o cheque?

Ele pareceu reprimir uma risada, mas acabou franzindo os lábios em uma linha.

– Só se prometer que este será o último dia em que vai roubar de algum dos meus hotéis. Da próxima vez, vou pessoalmente mandar te prender.

– Concordo em parar.

– Que bom. E pode ficar com seu pedido de desculpas, já que não acredito que esteja mesmo arrependida por nada do que fez.

– Estou arrependida por ter sido descoberta.

Aquele sorriso lento e sexy se espalhou pelo rosto dele de novo, e senti meu coração acelerar.

Não conseguiria parar de olhar para aquele homem nem que tentasse e soube naquele exato momento que o rosto dele impregnaria minhas fantasias por um longo tempo.

– Senhor Parker? – Uma voz soou no interfone, interrompendo nossa competição de sustentação de olhares.

– Pois não? – atendeu ele.

– O senhor Tanner quer saber quanto tempo mais sua reunião matinal vai durar.

– Termino em cinco minutos. – Ele se pôs de pé.

– Muito prazer em conhecer o senhor – falei, estendendo a mão.

– Igualmente, senhorita Lauren. Nunca tinha conhecido uma criminosa tão de perto e de um jeito tão pessoal assim antes. – Ele me cumprimentou e senti de imediato um formigamento caloroso percorrer minha espinha.

Quando, enfim, soltou minha mão, abriu a porta e fez um gesto para que eu me retirasse. Os funcionários se dispersaram de novo, como se suas vidas dependessem disso.

– Qual foi sua especialização quando se formou em Administração? – perguntou ele, acompanhando-me até o elevador.

– Tive três – falei. – Contabilidade e impostos, relações públicas e desenvolvimento de projetos.

– Impressionante.

– Pelo visto, não é o que a maioria das empresas nesta cidade acha. – Entrei no elevador, esperando que ele fosse voltar ao escritório, mas veio atrás de mim. Apertou o H em vez do botão que indicava o saguão e se aproximou de mim.

– Estou contratando aqui – disse ele. – E, embora, no geral, não costume contratar ladras, algo me diz que eu deveria abrir uma exceção no seu caso.

– Bem, obrigada... – Não conseguia pensar direito com ele próximo assim de mim. – Se importa se eu perguntar quanto suas camareiras ganham por hora?

– Não seria para esse cargo, senhorita Lauren. – Ele diminuiu a distância entre nós. – Preciso de uma assistente executiva... alguém que possa trabalhar comigo com facilidade e aguentar o tamanho do trabalho envolvido.

– Quer dizer o *escopo* do trabalho envolvido?

– Isso também – disse ele. – Prefiro alguém com experiência na área de hotelaria, mas, já que a maior parte das pessoas que contratei no passado tenderam a se demitir com bastante rapidez, acho que está na hora de tentar outra abordagem.

– Por que essas pessoas se demitiram, exatamente? – perguntei, curiosa.

– Acho que não tinham energia suficiente para aguentar o tranco de trabalhar comigo. – Ele sorriu.

O elevador se demorou no piso G antes de continuar descendo lentamente, e tentei não focar na maneira como a palavra "energia" deslizou pelos lábios dele.

– Seja como for, se tiver mesmo formação em Direito e Administração, estaria mais do que disposto a contratá-la como minha próxima assistente executiva.

– Sem uma entrevista?

– Nós acabamos de concluí-la.

As portas do elevador se abriram no H, revelando outro espaço luxuoso. Paredes brancas, lustres reluzentes e móveis de um cinza brilhante.

O senhor Parker continuou no elevador, gesticulando para que eu saísse.

Obedecendo, olhei para ele – ainda completamente confusa.

– Então... quer que eu preencha a ficha on-line e espere até que verifique se sou de fato formada?

– Não, o RH vai fazer isso por mim em alguns minutos. – Ele apontou para o fim do corredor. – Se não estiver mentindo, está contratada.

– O quê? – Senti meus olhos se arregalando.

– Não gaguejei. O RH é logo à esquerda. Pode dizer a eles que tem interesse na vaga AE-122 e eles vão cuidar do resto.

– Obrigada, mas...

– Mas? – Ele cruzou os braços.

– Sim, tenho algumas dúvidas. Preciso saber de todas as implicações do cargo.

– É por isso que está a segundos de conversar com o RH – disse ele. – Não sei a descrição da vaga de cor, senhorita Lauren.

– Quis dizer que tenho perguntas para você.

– Permita-me presumi-las – falou ele. – Resposta número um: não, seu café da manhã não está incluso. Resposta número dois: o salário é de trezentos e cinquenta mil dólares ao ano.

Meu queixo caiu.

– Tá brincando.

– Não estou. Pelo visto, sou um chefe muito intenso, e trabalhar para mim tende a ser estressante.

– Você disse "estressante" ou "interessante"?

– O que preferir. – Ele sorriu.

– Senhorita? Senhorita? – Uma voz no fundo do corredor me fez desviar a atenção dele. – Senhorita, se não estiver aqui para lidar com questões de trabalho de funcionários da Preston International, precisa sair deste piso agora mesmo. Está aqui para isso?

Voltei minha atenção a Preston, e ele arqueou uma das sobrancelhas.

– Está? – perguntou ele, deixando as portas do elevador se fecharem antes que eu pudesse responder.

– Senhorita? Senhorita?

Belisquei-me para me certificar de que não estava sonhando, que estava mesmo a segundos de conseguir meu emprego dos sonhos.

– Estou aqui por causa de uma vaga – falei para a mulher. – A de assistente executiva de Preston Parker.

QUATRO

Preston

Horas depois, olhei pela janela do meu restaurante e vi Tara abrindo um guarda-chuva preto e dourado debaixo do toldo do hotel. Parecendo ligeiramente confusa, ela andou no contrafluxo do trânsito, segurando a bolsa com firmeza. Eu a observei até que desaparecesse na multidão, percebendo que cada homem que a via se virava para olhá-la mais uma vez.

Na mesma hora, enviei um e-mail para o diretor do RH.

Assunto: Vaga de assistente executivo
Walsh,
A candidata que mandei para você hoje de manhã tem as qualificações necessárias?

Preston Parker
CEO e proprietário da Parker International

A resposta dele foi imediata.

Assunto: Re: Vaga de assistente executivo
Sr. Parker,
Fico feliz em informá-lo de que Tara Lauren é mais do que qualificada para a vaga de sua assistente executiva. Particularmente, acho que ela é sua melhor contratada até agora.

Incluo a seguir o resumo de sua formação e estou à disposição para responder a quaisquer perguntas futuras sobre a contratação dela, que será efetivada na segunda-feira, dependendo da resposta à minha pergunta abaixo.

Formação acadêmica de Tara Lauren:
Bacharela pela Universidade de Princeton
MBA pela Universidade de Princeton
JD pela Universidade de Harvard

A srta. Lauren também estudou in loco as atividades comerciais da França, da Austrália e do Japão.
Fala três línguas (espanhol, francês e alemão).

Ela perguntou se poderia ter um adiantamento de novecentos dólares para pagar o aluguel. Posso aprovar essa quantia? (A propósito, me sinto mal por acusá-la, mas tenho quase certeza de que ela roubou meu guarda-chuva…)

Atenciosamente,
Walsh Jones
Diretor Depto. Recursos Humanos, Parker International

Assunto: Re: Re: Vaga de assistente executivo
Walsh,
Aprove nove mil. (Vou me certificar de que ela o devolva quando começar.)

Preston Parker
CEO e proprietário da Parker International

Abaixei o celular, achando graça. Depois me perguntei em que biboca ela devia morar para pagar novecentos dólares de aluguel.

Não conseguia parar de lembrar a expressão do rosto dela na minha sala, a forma como suas palavras suaves saíam de seus sedutores lábios rosa. Bastou um olhar para o cabelo cor de café que ia até abaixo dos seios, os olhos amendoados que confiavam um pouco mais do que deviam e a maneira como o vestido-azul marinho esculpia com perfeição suas curvas para saber que *não* deveria tê-la contratado.

Nunca me senti tão atraído por uma mulher após vê-la apenas uma vez e sabia que a ter perto de mim de novo seria um problema.

– Desculpe, estou atrasado. – George se sentou à minha frente e me entregou uma pasta. – Em trinta minutos, temos a primeira entrevista com um antigo diretor de resort, e a segunda etapa da entrevista com a conselheira legal da Broadway é logo depois. Sua agenda internacional de reuniões começa em três semanas, então, como quer fazer?

– Cancelei essas entrevistas há uma hora.

– O quê? – Ele se endireitou na cadeira. – Por quê?

– Porque acabei de contratar minha próxima assistente executiva.

– Sem minha deliberação?

– Segui meus instintos – falei. – Estava muito impressionado com os meios criativos de sobrevivência dela.

– Seus instintos e os meios criativos de sobrevivência dela? – A cabeça dele parecia prestes a explodir a qualquer momento. – Que brincadeira é essa, Preston?

– Estou falando sério. – Peguei meu café e dei um longo gole, rebobinando mentalmente a lembrança de Tara entrando no meu escritório.

– Como ela é, Preston, fisicamente falando?

Gostosa pra caralho.

– Não sei como espera que eu responda a essa pergunta, George. Se ela parece ser formada em uma universidade conceituada? Não sei como alguém pode ter uma aparência que deixe isso evidente, mas de fato ela é ex-aluna de Princeton. Tem formação em Direito e em Administração. Fala as mesmas três línguas que eu.

– Como ela é *fisicamente*, Preston? – Ele me encarou. – Como seu advogado de confiança, preciso saber que tipo de contratação foi essa. Se tomou essa decisão com a cabeça de cima ou a de baixo.

Com as duas.

– A de cima, é claro.

– Conta outra. – Ele pegou a pasta da minha mão. – Já que sabemos como isso vai acabar, faça-me o favor de pedir a Cynthia que remarque aquelas outras entrevistas para daqui a três semanas, assim garantimos que você terá alguém na administração quando fizer as viagens para as reuniões internacionais.

– Você acha que a moça que contratei só vai durar três semanas?

– Levando em conta o olhar de "com certeza me sinto atraído por ela" no seu rosto, aposto que ela não dura mais do que duas.

CINCO

Tara

Demorei para voltar ao Brooklyn debaixo de chuva, minha mente girando em um milhão de diferentes direções. Fiquei mais de uma hora conversando com a equipe do RH, insistindo que isso tudo devia ser um sonho, mas, quando eles me deram um número oficial de funcionária e me entregaram o crachá de entrada para o meu novo escritório, enfim aceitei que não era.

Assinei cada página do contrato segundos depois de a entregarem para mim, calculando o salário diversas vezes. O cargo de assistente executiva da Bolsa de Valores da Russ era de cento e cinquenta mil por ano, e as outras vagas a que tinha me candidatado variavam entre setenta e oitenta mil por ano.

Trezentos e cinquenta mil dólares por ano? Mesmo com a dedução de impostos, ainda dá mais de vinte mil dólares por mês. Por mês!

Quando voltei ao apartamento, decidi entrar pela porta da frente. Como bem suspeitava, o proprietário tinha trocado as fechaduras enquanto eu estava fora, então passei uma embalagem de camisinha para soltar a tranca e usei meu grampo de cabelo para abrir a fechadura.

– Oi, coleguinha! – Minha colega de quarto, Ava, rolou por cima dos nossos pufes enormes, colocando de lado sua revista de fofoca com capa brilhante. – Como está hoje?

– Ótima! Tenho novidades incríveis! – Fechei a porta e coloquei uma toalha para tampar a fresta. – Adivinha o que é.

– Adivinho, sim, mas antes você vai ter que ouvir sobre as *minhas* novidades. Tenho duas coisas maravilhosas para contar!

– Pode falar.

– Ok. – Ela se sentou. – Lembra que eu tenho roubado papel higiênico do meu trabalho para o apartamento?

– Sim...

– Bem, a gerente acabou de trocar aquela marca horrorosa que parece lixa para uma de folha dupla, então nós duas estamos prestes a limpar nossos respectivos traseiros com papel nota dez daqui pra frente. – Ela sorriu com orgulho. – Já surrupiei seis rolos e coloquei no armário. Me conta quando sentir a diferença.

– Pode deixar. – Dei risada. – Qual é a segunda coisa?

– Paguei o aluguel hoje à tarde, mas aquele babaca já tinha trocado a fechadura. Falou que vai entregar a chave nova só se não atrasarmos no mês que vem.

– Ele não vai nos dar a chave nova?

– Não. – Ela balançou a cabeça. – Disse que a gente parece entrar e sair numa boa mesmo sem a chave certa. Mas me perguntou se podia pegar algumas camisinhas emprestadas.

Nós duas rimos, e eu me joguei no sofá.

– Enfim, você parece estar prestes a explodir com as suas novidades. – Ela ficou de pé. – Mas deixa eu tentar adivinhar alguns detalhes menores antes que você exploda.

– Fique à vontade.

– Chute número um: você finalmente terminou com o seu namorado, que eu odeio com cada fibra do meu ser, porque ele não é bom o bastante para você.

– Não...

– Bem, perguntar não ofende. – Ela sorriu. – Chute número dois: descobriu a senha do Wi-Fi do vizinho?

– Pior que sim, descobri mesmo. – Assenti. – É *Parem de pegar minhas coisas, suas ladras do caralho.*

– Com ou sem espaços?

– Sem.

– Vou tentar. – Ela pegou o celular e clicou algumas vezes na tela. – Perfeito! Deu certo! Agora é sério: quais são as suas novidades de verdade?

– Consegui meu primeiro emprego hoje! – As palavras saíram da minha boca com mais rapidez do que nunca. – Tipo, um trabalho pago de verdade, com benefícios, vale-transporte e férias remuneradas. E, voltando para casa, a diretora do RH me mandou um e-mail dizendo que vão me dar um adiantamento de nove mil dólares do meu próximo pagamento.

– O quê? – Ela saltitou pelo apartamento. – É sério?

– Sim! – Enxuguei algumas lágrimas. – Fui contratada na hora, e meu salário é tão ridículo que a ficha ainda não caiu.

– Dá oitenta mil no ano?

– Não, mais.

– Cento e vinte?

– Mais ainda.

– Hum... – Ela parecia chocada. – Cento e cinquenta?

– Trezentos e cinquenta!

Nós duas gritamos na mesma hora e, sem combinar, fizemos o que sempre fazemos quando há um motivo raro para comemorar. Ela pegou uma garrafa de champanhe barato e eu tirei o item mais cobiçado do nosso freezer: massa de cookies da Dean & DeLuca.

– Me conta os detalhes – disse ela, tirando a rolha da garrafa. – A Bolsa de Valores da Russ te fez pensar que não iam contratar você antes de aparecerem com o contrato? Bateram palmas quando você assinou?

– Não vou trabalhar para a Bolsa de Valores da Russ. Essa é uma história para outro dia. – Esperei que ela colocasse o champanhe em duas taças e levantasse a dela para um brinde. – Você está olhando para a mais nova assistente pessoal... não, espera. Para a assistente *executiva* de Preston Parker, o CEO dos Hotéis Preston.

– *O quê?* – Ela cuspiu o champanhe. – O que foi que você disse?

– Sou a nova assistente executiva de Preston Parker, dos Hotéis Preston. Ou será que o nome é Hotéis Parker?

– Com certeza é Hotéis Parker. – Ela abaixou a taça e não parecia mais empolgada. Agora o medo tomava conta do seu rosto.

– Não está feliz por mim? – perguntei. – Sei que o cargo não é exatamente de conselheira legal, mas atuar como assistente executiva dele abrange uma série de responsabilidades e, por isso, requer formação em Administração ou Direito. Me disseram até que, se eu fizer um bom trabalho, posso ser transferida para o departamento jurídico nos próximos três anos.

– Olha – ela balançou a cabeça e soltou o ar –, como sua melhor amiga, estou mais do que feliz por você finalmente ter conseguido um emprego, mas não acho que esse em específico seja digno de comemoração.

– Por que não?

– Porque você está prestes a trabalhar para o Preston Parker. *Preston. Parker.*

Eu a encarei, sem entender suas palavras.

– Você não tinha a mínima ideia de quem ele era antes de hoje, né?

– Não. – Balancei a cabeça. – Ele é mais do que um CEO?

Ela suspirou e foi até sua coleção extensa de revistas, jogando-me cinco exemplares da *Senhor Nova York* e três da *Page Six*.

Aquele rosto lindo estampava cada uma das capas – o que me fez perceber que ele era ainda mais sexy pessoalmente, mas as manchetes da *Page Six* estavam longe de ser lisonjeiras.

O Senhor Nova York fatura mais uma, mas um de seus antigos assistentes conta tudo. O Senhor Nova York acaba com a concorrência e deixa outro assistente para trás. O Senhor Nova York passa a exigir que seus novos funcionários assinem um contrato de confidencialidade depois de largar o último em Paris.

– Então ele é tipo uma celebridade? – perguntei.

– Não, ele é um barão. Um barão podre de rico e completamente arrogante. – Ela se jogou no pufe. – Se parasse para ler as fofocas comigo de tempos em tempos, teria saído correndo assim que ele te ofereceu um emprego.

– Mesmo ele tendo me oferecido trezentos e cinquenta dólares por ano?

– E quem disse que você vai durar um ano inteiro? – Ela apontou para as revistas. – Pode ler. Agora.

Folheei as páginas da primeira revista, sentindo um aperto no peito ao ler cada palavra impressa, o coração acelerando de incerteza.

"Ele é um babaca cruel. Um chefe sem coração. A pior pessoa para quem já trabalhei. A única coisa boa nele é a aparência, mas a ilusão acaba assim que ele abre a boca."

Folheei uma edição de alguns anos atrás, à qual ele dava sua "última entrevista", e juro que pensei que a matéria teria melhorado um pouco a reputação dele, mas senti meu queixo caindo ao ler as primeiras linhas da transcrição.

Entrevistador: Como se sente sendo um dos cinco finalistas do prêmio Senhor Nova York mais uma vez, sr. Parker?

Sr. Parker: Sinto que eu sempre deveria estar entre os dois melhores e que nunca deveria ser o segundo colocado.

Entrevistador: Bem, Reeve Henderson, da NYB, também está tendo um ano muito bom, senhor.

Sr. Parker: Reeve Henderson é multimilionário. Eu sou bilionário.

Entrevistador: Tenho certeza de que, a esta altura de sua carreira, o senhor já sabe que dinheiro não compra tudo.

Sr. Parker: Quando você começar a ganhar bem, vai ver do que o dinheiro é capaz.

Joguei a revista para o outro lado da sala e abri outra e depois outra. Só então percebi que tinha acabado de assinar um contrato para trabalhar com o babaca mais prepotente de toda a cidade de Nova York; que tinha atado meu destino a um homem que uma vez dissera a um entrevistador: "Espero que você foda melhor do que faz 'entrevistas profundas'. Se não, recomendo com urgência que tente melhorar a primeira dessas práticas, já que a segunda não tem salvação".

Em que merda será que eu me meti?

DOIS MESES DEPOIS...

SEIS

Tara

O MEIO DEPRIMENTE

Por favor, não toque ainda. Por favor, não toque ainda...

Manhãs como as de hoje faziam-me desejar ter acesso a uma máquina do tempo para poder voltar ao passado e me dar um soco na cara por tomar quaisquer decisões que tivessem me trazido a este exato momento. Eram só três horas, mas a chuva não parava de cair sobre a cidade, e eu me esforçava para "aproveitar" o único tempo do dia que tinha para mim mesma.

Estava largada sobre os pufes, meus pés envoltos em sacos de gelo para aliviar a dor de correr por Nova York com saltos altos e caros. Estava com um termômetro entre os lábios, que mostrava uma traiçoeira temperatura "normal", e observava o relógio do alarme com um olhar de águia – esperando o segundo ponteiro bater no cinco para que eu pudesse tomar meu próximo coquetel de medicamentos para estresse e ter que aguentar meu "trabalho dos sonhos" por mais um dia.

Nesses últimos dois meses, encontrei-me em um curso intensivo sobre o mundo dos hotéis, e era bem mais complicado do que eu pensava. Cada dia trazia uma nova rodada de reuniões sobre crises, um novo objetivo de "excelência nível Parker" a ser atingido, e, para os hóspedes que pagavam no mínimo quinhentos dólares por uma noite em alguma das propriedades de Preston, a decepção não era uma opção viável.

Para garantir a perfeição, Preston não media esforços para fazer tudo direito. Ele era definitivamente cruel, e todo mundo sabia que demitiria qualquer um em um piscar de olhos. No curto período em que estive trabalhando para ele, não tirou um dia de folga sequer, tampouco mencionou precisar de férias ou viajou para passar um tempo com a família. Na verdade, os boatos que corriam eram de que ele nem tinha família.

O homem era uma máquina, e eu tinha certeza de que ele nunca dormia. (Também era um babaca, e eu tinha *mais* do que certeza de que não continuaria sendo funcionária dele por muito mais tempo.)

Pi-li-li-li-lim!

Meu celular soou com o alarme do lembrete do meu remédio de estresse, e engoli os comprimidos com água.

Deslizando a tela pelas mensagens, mandei um recado rápido para o meu namorado, Michael.

Eu: Oi. Já estou de pé pensando em você antes do trabalho. Vai mesmo conseguir me ajudar a procurar um apartamento novo no fim de semana, né?

Ele respondeu na mesma hora.

Michael: Eita, ainda tá viva? kkkk tudo certo, amor. Se seu chefe te deixar ter uma vida além do trabalho no fim de semana, pode contar comigo. Você vem para o meu happy hour hoje à noite?

Eu: Posso tentar, mas não prometo, já que meu chefe vai fazer uma reunião com investidores. Podemos deixar para outro dia caso eu não dê conta?

Michael: Sempre. Te mando um e-mail durante o horário de trabalho para te fazer esquecer dele. (Não vejo a hora de enfim te pegar de jeito quando acabar sua liberdade condicional 😏)

Mandei emojis de beijo em resposta e sorri. Desde que havia começado a trabalhar, mal tínhamos passado mais de algumas horas juntos, e, embora uma parte de mim estivesse triste com isso, a outra parte – para a qual eu não tinha explicação – estava perfeitamente bem com a nova contenção.

Quando olhei para a hora de novo, senti meu sorriso se esvaindo aos poucos.

Em três, dois, um...

O celular vibrou na minha mão, e a caixa de entrada ganhou vida pelo sexagésimo primeiro dia da minha nova carreira.

> Assunto: Pedido de café da manhã do sr. Parker: Favor confirmar antes da retirada
>
> Assunto: Solicitação de reunião com o sr. Parker
>
> Assunto: Feedback sobre a reunião em Sarasota
>
> Assunto: Alteração na agenda: a abertura do Jones foi para segunda-feira
>
> Assunto: Confirmação de cancelamento: jato privado para Roma na próxima quarta?
>
> Assunto: Solicitação de entrevista para a Senhor Nova York

Grunhi e levantei-me dos pufes, tomando um banho rápido e colocando meu vestido nude favorito e um par de saltos altos de solado vermelho.

– Sabe do que eu não vou sentir a menor falta neste apartamento? – Ava se levantou de seu colchão inflável no canto.

– Do quê?

– Do fato de que consigo ouvir cada movimento seu, mesmo quando estou dormindo. – Ela riu. – Por que insiste em levantar tão cedo todos os dias? Você entra às oito.

– Porque, senhorita Lauren – falei, imitando a voz de Preston –, as pessoas de quem não dependo diretamente entram às oito. Meu braço direito precisa estar de pé na mesma hora que eu e precisa sempre chegar antes de mim para dar exemplo. *Senão...*

– Ele já chegou a concluir esse "senão" ou só deixou no ar? – perguntou ela. – Porque, se tiver a ver com uma punição sexual *caliente*, acho que devia considerar se atrasar todos os dias.

Dei risada.

– Espero nunca descobrir. Decidi oficialmente que só vou trabalhar para ele por seis meses, para ter o suficiente no banco antes de ir atrás de algo menos caótico.

– Tem certeza?

– Cem por cento. – Peguei minha maleta e apaguei as luzes antes de partir. Quando saí, o carro de sempre estava à minha espera, e o motorista segurava a porta aberta para mim.

– Bom dia, Taylor – falou ele.

– É *Tara*. Já me apresentei para você e todo mundo na empresa, e vocês todos ainda me chamam de Taylor. Dizer qualquer outro nome seria mesmo tão difícil assim?

Ele não me respondeu, só manteve a porta aberta e sorriu.

Entrei no banco de trás, respondendo a cinco e-mails antes de chegarmos ao fim do quarteirão.

– Pode me confirmar verbalmente todas as paradas desta manhã, Taylor? – pediu o motorista.

– Sim. – Não me dei o trabalho de corrigi-lo desta vez. – Precisamos parar na Aldman's para pegar uma entrega, na Tom Ford para buscar os ternos dele, no píer para garantir que o iate novo foi realocado de modo apropriado, na Dean & DeLuca para buscar o café da manhã e, por último, passamos para pegar o café dele.

Ele assentiu e me entregou uma cestinha de chocolate antes de aumentar a música e seguir para a Aldman's.

Na metade do caminho, o nome de Preston – *meu chefe babaca* – piscou na minha tela. Ponderei se devia atender ou então tentar descobrir a parte do "senão" de uma vez por todas.

Desisti antes que pudesse cair na caixa de mensagens.

– Bom dia, senhor Parker – atendi com uma animação falsa na voz. – Como posso ajudá-lo?

– Estou ligando para garantir que vai chegar ao trabalho na hora certa hoje, já que ontem você se atrasou seis minutos.

– Foram dois.

– Ainda assim, foi um *atraso* – disse ele com voz grave. – Tanto que não fui o único a perceber. Como responsável principal pela minha assistência, não posso deixar que os outros pensem que a senhorita recebe privilégios; que está em cima de mim, quando está muito claro que sua posição é *embaixo* de mim. Também não quero que pense que pode chegar quando quiser sem minha permissão, principalmente quando nós dois começarmos a trabalhar no acordo com os Von Strum a sós. Entendido?

Não respondi nada. Não sabia ao certo por que a voz desse homem me deixava molhada em questão de segundos; por que, até mesmo em momentos de ápice da babaquice, suas palavras eram construídas de uma forma que sempre me faziam pensar em sexo.

– Está me ouvindo, senhorita Lauren? – perguntou ele. – Ou estou falando sozinho?

– Não, senhor Parker. Escutei o senhor muito bem.

– Ótimo. Agora, além do fato de precisar chegar quando eu quero e não quando quiser daqui pra frente, eu gostaria de fazer uma alteração no meu pedido de café hoje.

– Vai buscar o senhor mesmo hoje, para variar?

– Como é? – Seu tom de voz ficou seco. – O que foi que disse? Tossi.

– Nada. Eu me engasguei.

– Humm – respondeu ele. – Vou querer o *latte* de caramelo da Sweet Seasons Café hoje. E quero que ele esteja a exatamente sessenta e oito graus.

Isso é sério? Revirei os olhos.

– Anotado. Mais alguma coisa, senhor?

– Não parece ter anotado mesmo. – Ele desligou na minha cara.

– Que ódioooo!

– Algum problema, Taylor? – O motorista me olhou pelo retrovisor. – Precisa que eu pare o carro?

– Não, pode continuar tocando para o inferno, por favor.

Ignorei a grosseria de Preston e fui atrás de resolver as primeiras pendências.

– Sei por que está me ligando, senhora Vaughn, e sinto muito. – Atendi ao telefone assim que ele vibrou. – Não sei direito por que a estilista dele não está entregando os ternos na hora combinada nestes últimos dias, mas vou averiguar assim que possível. – Esperei que ela dissesse algumas palavras e depois atendi à ligação do treinador pessoal dele. Depois do advogado. Depois do piloto. Depois do responsável pelo maldito iate. (Não entrava na minha cabeça por que esse homem precisava de *oito* iates.)

– São sete e trinta e cinco, senhorita Lauren – falou o motorista. – Ainda vamos parar na Sweet Seasons Café?

– Não. Vamos para o McDonald's.

Ele assentiu e parou no McDonald's logo à frente.

Abri a bolsa e peguei um copo vazio que eu tinha roubado da Sweet Seasons. Fizera disso parte da minha rotina nos últimos dez dias, já que essa loja em questão era um desvio de cinco quarteirões completamente ridículo.

Em uma relação de quinze dólares por *trinta mililitros*, os baristas preparavam grãos de café colombiano especiais e faziam um copo por vez. Recusavam-se a aceitar pedidos on-line, e, embora Preston fosse um cliente fiel há anos, recusavam-se também a deixar o café dele pronto para retirada. Alegavam que a "experiência" do café preparado na hora era o que justificava o preço e não queriam diluir a marca.

Ainda tinham o costume de perguntar aos clientes em qual temperatura eles desejavam que o café fosse servido – como se alguém realisticamente pudesse perceber a diferença entre sessenta e sessenta e cinco graus.

O gosto é o mesmo...

– Vou querer um café grande normal, por favor – pedi na bancada do McDonald's. – Pode acrescentar caramelo e colocar neste copo aqui?

– É claro.

Com dez minutos de sobra, cheguei ao escritório e arrumei a mesa dele do jeito que ele gostava.

Café à direita, pasta cheia de artigos impressos e relatórios à esquerda, registro de capa dura atual no meio.

Certifiquei-me de que o "sumário" dele – um resumo abrangente de cada e-mail que ele precisava considerar e a agenda do dia – estivesse escrito com capricho. Cheguei a acrescentar algumas anotações e sugestões minhas.

– O chefe chegou ao prédio, pessoal! – gritou alguém no corredor. – Ele está no saguão.

Derrubei a pasta no chão.

Merda.

Pegando tudo com rapidez, fiz o melhor que pude para organizar os documentos como estavam antes. Quando estava colocando os relatórios de finanças de volta no lugar, notei uma foto antiga de Preston ao lado de outro Preston usando uma bata e uma lapela pretas.

Ao lado da foto, tinha outra com uma dose dupla de Prestons. Desta vez, usavam calças jeans, posando em frente a um telão na Times Square. Tudo sobre os homens na foto era idêntico, inclusive os belos olhos verdes com nuanças de cinza.

Ele tem um irmão gêmeo?

– Agora o chefe está no elevador! – gritou outra pessoa.

Apenas com alguns segundos de sobra, consegui chegar ao meu escritório e troquei os saltos por um par de sandálias baixas debaixo da mesa.

Momentos depois, Preston saiu do elevador usando o terno cinza--escuro da Tom Ford que deixava no chinelo qualquer homem que já tivesse usado um terno. Os botões de punho prateados brilhavam contra a luz do corredor, e as bochechas da recepcionista coraram ao vê-lo.

Ele passou pela minha porta aberta, falou *senhorita Lauren* e mais nada.

Fechou a porta, e esperei pelo e-mail de sempre, para ter certeza de que minha barra estava limpa.

O ruído do meu e-mail soou alguns minutos depois.

Assunto: Meu sumário

Srta. Lauren,

Li a edição desta manhã, mas me levou mais tempo do que o necessário porque você escreveu "variedade", "residual" e "inconsequente" errado. Vi que também fez anotações (que eu não pedi) e me forneceu sua opinião sobre determinadas reuniões. Não preciso de nada disso.

Achei que no seu histórico acadêmico constavam algumas disciplinas de escrita e gramática.

Estou considerando ligar para Princeton e perguntar se eles possuem uma política de devolução.

Preston Parker
CEO da Parker International

Mordendo a língua, abri meu arquivo intitulado "Busca de novos empregos" e preenchi duas fichas para firmas próximas antes de lidar com mais mensagens da minha caixa de entrada. Enquanto recusava uma entrevista para a *Senhor Nova York*, Preston entrou na minha sala.

– Senhorita Lauren – disse ele, o semblante impassível –, podemos conversar no meu escritório?

– Está mesmo *pedindo*, e não mandando? – As palavras voaram da minha boca antes que eu pudesse pensar melhor sobre se devia deixá-las sair.

– *Agora*, senhorita Lauren. – Ele gesticulou para que eu me levantasse.

Eu o acompanhei até sua sala. Ele fechou a porta depois de entrarmos e esperou que eu me sentasse à frente de sua mesa, depois se reclinou na poltrona.

Encarou-me por vários segundos, com a mesma intensidade com que me olhou nas minhas fantasias da noite anterior, e, em seguida, começou a falar.

– Eu costumava me orgulhar de contratar pessoas boas, senhorita Lauren – disse ele. – Pessoas em quem podia confiar, pessoas que não iriam me roubar nem me trair. Agora, considerando como nosso relacionamento começou, não posso afirmar que pensei que nunca me roubaria de novo, mas torcia para que nunca me traísse.

O QUÊ?

– Senhor Parker, posso garantir que nunca o traí de forma alguma. Sou muito honesta sobre cada reunião de que participei e nunca agi com nada além de sinceridade desde que comecei a trabalhar para o senhor.

Ele levantou a mão, silenciando-me. Depois, como se não tivesse ouvido uma só palavra do que eu dissera, continuou:

– Considerando que já durou mais do que meus últimos dez assistentes...

– *Vinte* – eu o corrigi.

– Como é?

– Já durei mais tempo do que seus últimos *vinte* assistentes.

Um sorriso lento se espalhou pelo rosto dele enquanto pegava o café, sorvendo um longo gole.

– Ok – disse ele. – Meus últimos *vinte* assistentes. Considerando que já está aqui há mais tempo que todos eles, pensei que talvez pudéssemos dar início a uma base sólida de confiança, que talvez este tenha sido um sinal de que você estava pronta para começar a trabalhar comigo em questões mais sérias. No entanto, pelos últimos dez dias, chamou minha atenção o fato de estar me traindo todas as manhãs. – Ele estreitou os olhos para mim. – Não gosto de ter traidores na minha empresa, senhorita Lauren, e costumo demiti-los assim que descubro a traição, não importando quanto a ofensa possa ser trivial.

Silêncio.

A cor se esvaiu do meu rosto. Não tinha ideia do que ele estava falando e, sendo um chefe horrível ou não, não podia me dar o luxo de perder aquele emprego agora.

– Eu te disse que queria o café colombiano da Sweet Seasons na avenida Park – disse ele, por fim. – Não foi o que lhe pedi?

Mas que merda.

– Sim.

– Interessante. Bem, o que é único sobre as bebidas da Sweet Seasons é que eles colocam uma camada grossa de chocolate no fundo de cada copo. – Ele pegou o copo de café e despejou o conteúdo em um copo de vidro vazio. – E sempre tem um pouco grudado no fundo quando eu termino de beber.

Ele virou o copo da cafeteria, agora vazio, para eu ver, e engoli em seco.

– Nenhuma outra cafeteria da cidade faz isso, senhorita Lauren. É meio que a marca deles, uma piscadela para os clientes leais que estão dispostos a pagar o preço que cobram. É como eu sei que estou bebendo o café deles ou quando meu assistente novo está enchendo os copos com alguma enganação barata.

– Não foi minha intenção...

– Como pode ver – falou ele, sem me deixar concluir a frase –, senhorita Lauren, se não posso confiar a você meu café, vai ser difícil acreditar que posso confiar mais alguma coisa. – Ele abaixou o copo, e um sorrisinho brotou em seus lábios. – Seja como for, sou um homem de segundas chances, então vou lhe dar exatamente trinta minutos para buscar o café correto que lhe pedi.

– Ok. – Levantei, mas ele levantou a mão, gesticulando para que eu não me mexesse.

– Só mais uma coisa, *senhorita Lauren* – disse ele, fazendo-me odiar o jeito que falava meu nome. A forma como conseguia me excitar, apesar da arrogância. – Não sei se chegou a ler em detalhes seu manual de funcionária, mas é uma exigência que o suporte técnico sinalize e relate todos os e-mails enviados e recebidos de todos os domínios que pertencem à concorrência. – Ele fez uma pausa. – Bem, os domínios que pertencem às pessoas que *acham* que são minha concorrência. O endereço de e-mail michael.elliot@marriott.com lhe soa familiar?

– Sim – falei. – É o endereço de e-mail do meu namorado. Ele é estagiário no Marriott, e é só um trabalho temporário para ele. Não é nenhum tipo de espião corporativo.

– Humm – disse ele, olhando-me de cima a baixo. – Bem, agora que sei que ele não está tentando arrancar informações privilegiadas de você, vou considerar pedir que o suporte técnico desligue o alerta. Dito isso, permita-me fornecer conselhos a você e seu namorado. – Ele pegou um pedaço de papel e chegou mais perto de mim, fazendo meu coração bater mais rápido a cada passo. – Acho que devia tomar cuidado com o que manda pelo servidor da minha empresa, porque alguns e-mails estão *longe* de serem apropriados.

– Foi só uma vez que eu te chamei de "inacreditavelmente babaca" nos meus e-mails.

– Não é a isso que me refiro. – Ele me encarou, depois olhou para o papel. – *Assunto: Deixa que eu te dou um trato. (Sim, estou falando de sexo.).*

Arquejei, desejando ardentemente poder entrar em um buraco no chão e sumir.

– E aí tem um problema gigante na própria mensagem. – Preston continuou a ler, sem deixar o sorriso morrer. – "Tara, amor, não se preocupe com o seu *chefe terrível*. Estou mais do que disposto a te ajudar a desestressar quando tiver uma folga. Quero enfiar meu pau na sua vagina e te lamber pelo tempo que for preciso para te fazer se esquecer desse trabalho. É só me pedir. Está se sentindo...". – Ele parou, arqueando uma das sobrancelhas. – "Emoji de água. Emoji de água. Emoji de água".

Minhas bochechas estavam pegando fogo.

Preston abaixou o papel e se aproximou mais ainda de mim – olhando bem no fundo dos meus olhos.

– E-mails de trabalho nada apropriados à parte – falou ele –, você precisa pedir ao seu namorado que melhore o vocabulário. Se ele está tão preocupado em te fazer desestressar quando se livrar do seu *chefe terrível*, devia dizer apenas: "Quero que sente na minha cara para eu chupar sua boceta até você gozar na minha boca, até que a única coisa em que consiga pensar é no quanto minha língua é gostosa lambendo seu clitóris, pingando de tão molhada que está para mim. E, da próxima vez que conseguir uma folga, você devia me chamar para o seu escritório para que eu pudesse te inclinar sobre sua mesa e deixar sua boceta sentir quanto meu pau fica duro só de eu pensar em você".

Ele se afastou, sem tirar os olhos de mim.

– Aí, então, se ele dissesse essas coisas, não teria que *perguntar* se você está molhada. Ele saberia e talvez, já que com certeza ele é piegas pra caralho, incluísse emoji de guarda-chuva, emoji de guarda-chuva, emoji de guarda-chuva...

Nunca senti minha calcinha tão molhada assim.

– Agora – falou ele, voltando à sua persona babaca –, vá buscar meu café de verdade.

SEIS (B)

Tara

Mais tarde naquela noite, às seis horas, para ser mais exata, eu estava andando para lá e para cá na frente das janelas da minha sala, aguardando a entrega dos ternos de Preston. Hoje era a quarta vez em uma semana que eles atrasavam, e, não importava quanto eu tentasse ser agradável ao dizer "Por favor, não atrasem semana que vem", a estilista nunca chegava ao escritório antes das sete.

Tirei meu celular da gaveta e mandei uma mensagem para Michael.

Eu: Vamos ter que remarcar o happy hour mesmo, já que ele está fazendo todo mundo trabalhar até mais tarde e ainda estou esperando os ternos. Além do mais, acho que vou precisar reagendar a busca por um apartamento novo também. (Preciso viajar com ele para a Califórnia para uma reunião.) Pode me ajudar no próximo fim de semana?

Michael: Claro, amor.

Comecei a perguntar como o dia dele tinha sido, mas Cynthia entrou na minha sala e fechou a porta com força.

– Posso ajudar em alguma coisa, Cynthia?

– Quero que saiba que o senhor Parker ia me escolher como sua próxima assistente executiva antes de você aparecer. – Ela cruzou os braços. – Ele disse que eu era mais do que qualificada e que estava ansioso para me levar com ele em suas viagens de trabalho.

– Quer que eu pergunte a ele se você ainda pode acompanhá-lo em vez de mim? – *Ficaria muito feliz em te deixar ir no meu lugar...*

– Não, só fique ciente de que estou torcendo pelo seu fracasso. – Ela parecia extremamente sincera. – Você durou dois meses, o que é impressionante para este cargo, mas não vai durar. Não vai durar nadinha.

– Menina, seus olhos ficam esbugalhados assim mesmo? – perguntei, com medo de como ela me olhava. – Talvez seja melhor procurar um médico.

– Meus olhos estão ótimos, e eles veem com perfeição que você vai ficar no máximo três meses e meio, *Taylor*. Já comecei uma aposta entre os funcionários sobre quanto você dura, e ninguém acha que passa do terceiro mês. – Os olhos dela se esbugalharam mais ainda. – Não costumamos chamar os Taylors para esse tipo de coisa, mas para você eu posso abrir uma exceção. Quer apostar em mais três, quatro, cinco ou seis semanas? A maioria está apostando em quatro. E alguns gostam de se arriscar, escolheram seis. É óbvio que não sou uma dessas pessoas.

Antes que eu pudesse dizer a ela para dar o fora da minha sala, Preston abriu a porta e entrou.

– Senhorita Lauren, por que meu... – Ele parou, olhando para Cynthia e depois para mim. – Por que meu sumário da noite e meu café não estão na minha mesa?

– Não sei. – Forcei um sorriso. – Definitivamente os coloquei lá há meia hora.

– Acho que está enganada – disse Cynthia. – Não tinha nada disso na mesa dele quando eu deixei os recados lá alguns minutos atrás. Talvez você tenha *imaginado* ter feito isso.

Que vaca.

– Tem razão, Cynthia. Talvez eu tenha imaginado ter deixado o sumário e o café na mesa do senhor Preston.

– Bem, não estou te pagando para brincar de faz de conta, senhorita Lauren. – Preston me olhou lentamente de cima a baixo, excitando-me a contragosto. – Quero o sumário na minha mesa na próxima meia hora e quero que meus ternos parem de chegar atrasados toda semana. Nenhum outro assistente teve os problemas de entrega que está tendo. – Ele saiu da sala.

Cynthia se encaminhou para a porta, logo atrás dele, fingindo tossir.

– No máximo três meses.

Reescrevi o sumário com rapidez e me certifiquei de deixá-lo nas mãos de Preston antes de sair do escritório dele. Não tinha certeza, mas achei que ele estava encarando minha bunda quando saí.

Ouvi Cynthia rindo ao voltar para a minha sala, e uma ideia me ocorreu de repente. Ela e a estilista eram grandes amigas, eu já as tinha visto dando risadinhas no almoço várias vezes, e sempre me encaravam quando eu passava.

Não é à toa que os ternos estão sempre chegando atrasados. Estão tentando me sabotar.

Fula da vida, abri o arquivo de descrição do meu cargo e liguei para George, a fim de garantir que estava interpretando de modo correto a cláusula de "chefe da equipe de funcionários". Quando ele me assegurou de que estava certa, peguei o elevador para o saguão e esperei que ela chegasse com as vestimentas da semana.

– Boa noite, senhorita Lauren. – Ela sorriu para mim ao trazer o rack para dentro do hotel exatamente às sete horas. – Estava dizendo agorinha mesmo ao motorista como é bom, enfim, ter uma assistente executiva consistente por aqui. Também disse a ele como é uma pena que todos os designers e alfaiates tenham atrasado tanto ultimamente, sabe? Deve ser por causa da temporada de tapetes vermelhos.

– Conta outra – falei. – Pode me poupar dessa sua ladainha, guarde para alguém que vá acreditar.

– Como é? – Ela arregalou os olhos.

– Não se faça de sonsa. – Apoiei a mão no rack. – Sabia que, como assistente executiva do senhor Parker, eu tenho o poder de contratar e demitir os funcionários auxiliares sem pedir o aval dele? E que *você* faz parte dessa turma de funcionários auxiliares?

– Não. – Ela ficou pálida. – Não, não sabia disso.

– Ah, não sabia? Então agora está sabendo. Mas, enfim, como não sou de agir por vingança como você e já que não posso demitir sua amiguinha lá de cima, vou te fazer um favor. – Eu a encarei. – Vou te

67

dar mais uma chance. Daqui em diante, você vai entregar os ternos dele pela manhã, não à noite. Vai me deixar ver cada peça e aprová-la para que ele use algo diferente do Tom Ford de sempre, já que você me parece ser o tipo de pessoa que deve ganhar comissão com algum vendedor daquela loja. – Ela desviou o olhar, o que só confirmou minha teoria. – Foi o que pensei. A partir de hoje, você vai ser a melhor estilista e compradora que ele já teve, porque não vai mais querer fazer a assistente executiva dele, que está *níveis* acima de você, passar carão, não é? Estamos entendidas?

Ela assentiu.

– Quero te ouvir dizer.

– Não vou mais te fazer passar carão.

– Obrigada. – Reorganizei os ternos no rack, colocando os que mais me agradavam na frente. – Ouvi falar da aposta que está rolando entre os funcionários. Quanto tempo mais *você* acha que eu duro?

Ela olhou para baixo e balançou a cabeça.

– Prefiro não dizer.

– Por que não? – perguntei. – Se tem coragem de tentar me sabotar, devia ao menos me dizer por quanto tempo acha que vou manter meu emprego.

– Mais um mês. Três, no máximo.

SEIS MESES DEPOIS...

SETE

Preston

Contratar Tara Lauren é oficialmente a pior decisão que já tomei.

– Contratar Tara Lauren é oficialmente a melhor decisão que você já tomou, Preston. – George me entregou um fichário. – Pelo menos, ela foi a melhor decisão, e sou muito grato a ela pelo tempo que durou.

– Uhum. – Folheei um relatório e fingi ler.

Desde que Tara começou a trabalhar para mim, não conseguia atingir meu parâmetro de ritmo de produtividade. Tudo nela era uma distração; tinha perdido a conta de quantas vezes eu a imaginara inclinada sobre minha mesa com a bunda para cima, implorando para que eu enfiasse mais fundo.

Sendo a assistente executiva mais esforçada que já tinha contratado, ela era boa no que fazia e, a cada semana que passava, melhorava ainda mais. Apesar de sua falta de experiência no ramo de hotéis, não demorou nada a pegar o jeito. Ao contrário dos meus assistentes anteriores, que sempre esperavam até que eu dissesse a eles o que deveriam fazer, ela sempre estava dez passos à frente. Estudava em minúcias todos os nichos da minha marca de hotéis e conseguia recitar os mantras e as amenidades a respeito dela melhor do que algumas das pessoas com quem eu tinha passado anos trabalhando. Estava até mudando a cultura dos meus funcionários imediatos – demitindo e contratando gente que ela achava que iria me ajudar mais.

Ainda assim, havia três coisas nela que me deixavam absolutamente louco. Em primeiro lugar, ela era atrevida, e, infelizmente, o sarcasmo que escorria de seus lábios sedutores só me fazia desejá-la ainda mais. Em segundo lugar, ela não conseguia sussurrar por nada no mundo. Pelo menos *fingia* não conseguir sempre que murmurava baixinho quanto me odiava. Quanto me achava um "babaca". Em terceiro lugar, ela tinha a tendência de evitar usar calcinha por baixo dos vestidos, e eu não era capaz de deixar de notar. Nesses dias, insistia que ela viesse até minha sala de meia em meia hora e inventava uma conversinha-fiada só para ter uma visão privilegiada.

– E a contratação dela veio em boa hora. – A voz de George me arrancou dos meus pensamentos. – O desempenho dela me dá esperança de que vamos encontrar alguém que dure nove meses, talvez um ano, da próxima vez. Ela foi muito boa.

– Desculpe, *o quê*? – Olhei para ele. – Por que está falando que ela "foi" uma boa contratação? No passado?

– Porque acabei de receber uma ligação da Firma Greenwich. Sabe, o lugar para onde a maioria dos seus ex-assistentes executivos foi? O rapaz me pediu que comentasse sobre a atuação dela na empresa antes de ela aparecer hoje para a etapa final de um processo seletivo.

– E o que você disse? – Cerrei o maxilar, irado por ela ter arrumado uma entrevista de emprego pelas minhas costas.

– Bem, disse que ligaria mais tarde, já que vinha encontrar você, mas acredito que vá servir como boa referência. A menos que esteja deixando algo passar.

– Está, sim – falei. – A senhorita Lauren tem uma cláusula no contrato que veta a candidatura à concorrência. – *Entre outras que acrescentei...*

– E daí? Essa cláusula constava nos contratos dos seus assistentes antigos também. Nunca foi um problema quando eles pediram demissão.

– Bem, agora é, então não dê referências dela. Nunca. Se perguntarem o motivo, peça que me liguem.

– O quê?

– Foi o que ouviu – respondi. – Já está na hora de começarmos a implementar todos os termos dos contratos de nossos funcionários. É conforme a *nossa* música que eles têm que dançar, e não usar a empresa como catapulta para outro emprego.

Ele fechou a pasta.

– Quer que eu diga a ela que está perdendo tempo fazendo essas entrevistas, então?

– A quantas ela foi?

– Pelo menos cinco, que eu saiba, até agora.

Mas que merda.

– Cinco, George?

Ele deu de ombros.

– Entendo o que quer dizer sobre a nova implementação dos termos, mas talvez ela não tenha lido as letras miúdas do contrato.

– Essa cláusula não está nas letras miúdas – falei. – Está na segunda página, em negrito, junto com os demais termos básicos. Tenho certeza de que ela leu.

– A entrevista dela é às três, Preston. – Ele olhou para o relógio. – Não mataria dizer a ela que não precisa atravessar a cidade em vão.

– Ela nunca *me* contou que tinha uma entrevista, então me mataria, sim.

Ele revirou os olhos e se levantou.

– Obrigado por me lembrar de quanto você pode ser teimoso.

– De nada, parceiro.

– Volto em uma hora com os documentos dos Von Strum – disse ele. – Vamos levar a noite toda para revisá-los; vou comer alguma coisa.

Ele saiu do escritório, e, de imediato, mandei um e-mail a Tara.

Assunto: Reunião nova para hoje

Srta. Lauren,

Vou revisar os documentos dos Von Strum com George às quinze horas hoje. Este é o negócio mais importante que já tentei fechar, e exijo sua presença na reunião.

Preston Parker

CEO e proprietário da Parker International

A resposta dela não chegou em pouco tempo, como costumava acontecer.

Atualizei a caixa de entrada segundos depois. Nada.

Esperei cinco minutos e procurei o nome dela na minha lista de contatos.

Antes que eu pudesse clicar no botão de ligar, ela entrou na minha sala usando um vestido cor de oliva que abraçava com perfeição suas curvas, combinando com um par de saltos de cor nude que me fez imaginá-la colocando as pernas em volta da minha cintura.

Ela definitivamente não está usando calcinha hoje...

– Já terminei tudo no sumário de hoje – disse ela, colocando uma pasta na minha mesa. – Acrescentei algumas coisas que acho que deveria dizer durante nossa primeira reunião com a família Von Strum. Uma dessas palavras é *obrigado*, mas também estou preparando o agendamento de mensagens automáticas de viagem para seu círculo próximo de família e amigos, só que não encontrei nenhuma lista.

– É porque não tenho familiares para atualizar sobre minha vida.

– Ninguém?

– *Ninguém*.

– Ok, então... – Ela parecia prestes a dizer mais alguma coisa, mas se conteve. – Também terminei de ler a lista de propostas de cortesias para o novo Hotel Harrison e te dei minha opinião. Tem mais alguma coisa que precise que eu faça antes de sair para o meu horário de almoço tardio?

– Eu te enviei um e-mail.

– Não abri.

– Agora seria um bom momento para fazer isso, *senhorita Lauren*.

– Acho que mais tarde seria melhor, *senhor Parker* – respondeu ela, imitando-me. – Mais alguma coisa, exceto isso, que precise que eu faça?

– Quero outro café.

– Já mandei alguém buscar.

– Quero que minha agenda seja atualizada com a inclusão de todas as reuniões da semana que vem com Sonoma. Organizadas por tags coloridas.

– Já fiz isso hoje de manhã. Mais alguma coisa?

Quero que cancele aquela maldita entrevista.

– Não. – Tamborilei os dedos na mesa, pensando em todas as maneiras como lidaria com essa porra nas semanas seguintes. – Tenha um ótimo horário de almoço *tardio*.

Ela sorriu e se virou em direção à porta.

– Vou ter, sim.

OITO

Tara

Alguns dias depois...

– Senhorita? Senhorita, seu café está pronto. – A barista da Sweet Seasons me fez levantar os olhos do celular.

– Ah, obrigada. – Peguei o copo e dei um gole, depois balancei a cabeça e o devolvi. – Isso aqui está no máximo a cinquenta e cinco graus. Preciso que esteja a sessenta e oito. Ah, e mal sinto o gosto do caramelo. Pode colocar mais para mim?

– Vou refazer agora mesmo – disse ela. – Ainda vai pagar o café de todo mundo que está na loja, como tem feito o mês todo?

– *Com certeza.* – Entreguei o cartão de crédito de Preston. Esperei até que ela tivesse refeito a bebida e pedi o meu antes de voltar para o carro.

Fiquei chocada ao ter uma lista vazia de pendências a resolver naquela manhã e estava indo ao escritório uma hora mais cedo para cochilar na minha mesa. Não saberia dizer como aquele emprego um dia ficaria mais fácil, por que tinha pensado que, cedo ou tarde, eu me acostumaria com as exigências daquele homem, mas era evidente que estava errada.

Ontem, Preston me ligou à meia-noite para detalhar meu relatório durante uma hora, e, embora estivesse irritada com a intrusão dele no meu tempo pessoal, não tirei o vibrador do meu clitóris nem por um segundo enquanto ele falava. Embora eu o estivesse usando como inspiração sexual todas as noites (já que ele havia arruinado minha vida sexual), essa era a única coisa positiva que podia dizer sobre ele.

Bem, isso e o fato de que, quanto mais ele era maldoso, a mais empregos eu me candidatava durante meus intervalos.

Por que não me ofereceram nenhuma vaga nas últimas entrevistas que fiz? A conta não bate...

– Chegamos, senhorita Lauren – falou o motorista, abrindo a porta de trás para mim. – Precisa que eu faça algo por você?

– Pode levar este café para a sala do senhor Parker, por favor? – Eu o entreguei a ele. – Coloque em cima da bandeja de esquentar copos que comprei para ele ontem e certifique-se de que está na temperatura favorita dele.

– É claro. – Ele sorriu.

Subi até minha sala e estaquei com um susto.

– Michael? – Vi meu namorado sentado atrás da mesa de Cynthia. – Michael, é você?

– Há quanto tempo, hein?

– Não exatamente. Eu te liguei uma noite dessas.

– Às três da manhã, Tara. – Ele balançou a cabeça. – Você sequer percebeu o novo padrão do nosso relacionamento nos últimos meses ou está de boa com o andamento das coisas?

– Percebi, sim.

– Ah, é? – Ele cruzou os braços. – E não acha estranho que eu tenha chegado supercedo ao seu local de trabalho só para te ver rapidinho?

Não sabia o que dizer.

– Sinto muito.

Ele não respondeu. Só me olhou de cima a baixo, admirando meu vestido preto e cinza, e depois correu o olhar pelo saguão.

– Dei uma passada no seu apartamento novo antes de vir para cá. Aquele upgrade enorme de onde você morava antes, sabe? – Ele sorriu. – Quanto custa o aluguel naquele lugar? Cinco mil por mês?

– Nove mil, mas só pago quatro. Tenho um desconto grande por causa do meu chefe.

– Ah, sim, falando no seu chefe, podemos...

Meu celular tocou e, como se eu estivesse em alerta, atendi à ligação antes que ele pudesse concluir a frase.

– Tara Lauren da Parker International, como posso ajudar? – falei.

– Senhorita Lauren, quem fala é Daniella. Estamos com os ternos do senhor Parker prontos para retirada às nove, como solicitado. Como sabe, só vim tão cedo por esse motivo. Sua representante vai chegar na hora?

– Sim, ela vai.

– Espero que sim. – Ela desligou e, antes que eu pudesse guardar o celular, ele tocou de novo.

– Tara Lauren da Parker International, como posso ajudar? – atendi.

– Senhorita Lauren, aqui quem fala é Raymond Oliver, da Buvette. Desculpe-me por ligar tão cedo, mas vi que fez uma alteração recentemente ao pedido de café da manhã do senhor Parker. Queria só conferir antes de repassar para o chef.

– Está certo mesmo – falei. – Vai ser um croissant de amêndoas com manteiga, dois crepes e aquele prato com ovos que apareceu na *GQ* semana passada, o que quer que seja aquilo. Ele quer experimentar, mas não exagere na pimenta. O médico dele pediu para evitar.

– Como quiser, senhorita Lauren. Logo mando ao escritório dele.

Encerrei a ligação e encarei a tela, esperando pela próxima, que sempre vinha, religiosamente.

No segundo seguinte, o motorista de Preston me ligou.

– Bom dia, Simon.

– Bom dia, senhorita Lauren – ele falou. – Estou ligando para informar que vou chegar à casa do senhor Parker em cinco minutos e que ele quer que você chegue mais cedo hoje. Há alguma notícia urgente que precise relatar?

– Desta vez não, Simon. Obrigada por ligar. – Encerrei a ligação e voltei minha atenção a Michael. Ele estava perambulando pelo andar, soltando suspiros pesados de tempos em tempos.

– Desculpe por isso. O que estava dizendo?

– Disse que não acho que isso vai dar certo. – Suas palavras foram diretas e frias. – Não aguento mais essa merda.

– *O quê?* Do que está falando?

– A gente nem transou mais desde que você arrumou esse emprego, Tara. Toda vez que a gente se senta para jantar ou apenas almoçar, seu chefe, ou alguém ligado a ele, te liga e você larga tudo e volta para a correria.

– Eu não largo tudo e volto para a correria – respondi. – Só estou tentando aproveitar ao máximo essa oportunidade e economizar o máximo de dinheiro que conseguir. Você sabe que eu não tenho planos de passar o resto da vida trabalhando com ele.

– Você disse mês passado que ia se demitir quando teve que trabalhar cento e vinte horas só em uma semana. E não vamos nos esquecer de cinco dias atrás, quando ele te ligou às duas da manhã para ler a porra de um e-mail para ele, como se fosse cego e não pudesse ler sozinho.

Foi a primeira vez que usei o vibrador ao som da voz dele...

– Você também disse que já estava esgotada semana passada, quando ele te fez ficar no trabalho até as três da manhã, pedindo que reescrevesse o mesmo relatório vinte vezes.

– Olha, eu sei que meu chefe pode ser difícil.

– Não, seu chefe não é *difícil*, Tara. Ele é um babaca. Eu sei disso, você sabe disso, todo mundo em Nova York sabe disso.

– Tá, tudo bem. Ele é um babaca. Mas acho que está sendo injusto. Eu venho tentando conseguir outro emprego. Só que ninguém me deu retorno, apesar de ter avançado nos processos seletivos. Não faz sentido desistir até eu ter outra coisa já estabelecida.

– Com o seu salário, acho que você tem mais do que o suficiente no banco para encontrar algo nos próximos três meses, Tara. – Ele olhou bem fundo nos meus olhos. – Não quero ser chato nem te dar um ultimato, mas não tenho escolha. É seu chefe ou eu.

– *O quê?*

– Você me ouviu – falou ele, chegando mais perto. – Seu chefe ou eu. Pode escolher.

Antes que eu pudesse dar uma resposta a ele, meu celular tocou com a melodia das ligações de Preston.

– Já voltamos a isso em um segundo – disse, entrando na minha sala para atender com mais privacidade. – Alô?

– Há alguma razão para os documentos do Dawson não terem sido enviados ao meu apartamento hoje de manhã? – perguntou Preston, com a voz grave.

– É porque havia muitos erros de digitação, então pedi que refizesssem. Você vai recebê-los hoje à tarde.

– E as anotações da apresentação de Anderson?

– Imprimi ontem à noite, estão com o Simon. Imaginei que você fosse querer ler a caminho do trabalho, já que precisa ler oito matérias de jornal também.

– Humm. – Ele desligou na minha cara, como sempre, sem dizer mais nada.

O que mais me irritava nele era o fato de nunca me agradecer por nada; ele nunca nem deixava subentendido que sentia gratidão pelo meu trabalho.

Meu celular vibrou com um e-mail dele segundos depois.

Assunto: Suas anotações sobre a apresentação de Anderson

Espero que nesta versão das suas anotações você tenha escrito "anuidades" corretamente. Do contrário, vou precisar que as refaça, de preferência com o corretor gramatical ativado. (Você sabe que todos os computadores da empresa possuem esse recurso, certo?)

Preston Parker
CEO e proprietário da Parker International

Saco!

Joguei o celular longe e voltei ao saguão para terminar minha conversa com Michael, mas ele já tinha ido embora. A única coisa que havia sobrado era um post-it que ele deixara na mesa de Cynthia.

Acabou.
Vai lá transar com o seu chefe.
Michael

Várias horas depois, mandei a Michael outra série de mensagens – perguntando se poderíamos conversar ou pelo menos ser amigos, mas ele não respondeu. Decidi mandar mensagem no Facebook, porém, quando loguei, percebi que ele tinha mudado o status de relacionamento. Mas não foi para "solteiro". Agora ele estava em um relacionamento sério com outra pessoa.

O quê?

Esperei a dor dilacerar meu coração, mas ela nunca chegou. As únicas emoções que senti foram raiva, com um leve toque de alívio.

Conferindo as horas, decidi pular a reunião executiva obrigatória daquele dia e sair com Ava para afogar em álcool as mágoas do término. Cheguei ao elevador e apertei o botão de descer.

Quando as portas se abriram, vi o sr. Parker e um de seus conselheiros financeiros conversando. Ao entrar, apertei o botão G.

– Acho que está enganada, senhorita Lauren – disse Preston. – A reunião desta tarde é no andar T.

– Sei bem onde vai ser, senhor Parker. – Virei o rosto para ele e dei de ombros. – Não quero ir.

– Não é *opcional*.

– Nesse caso, vou pedir a alguém que coloque um gravador na minha cadeira. Pensando melhor, já que *o senhor* quer ir, pode fazer isso por mim?

Ele cerrou o maxilar e estreitou os olhos para mim.

– Hum, acho que esqueci uma coisa – O conselheiro dele apertou um botão de um andar aleatório e saiu correndo assim que as portas se abriram.

Tão logo as portas se fecharam, Preston apertou o botão de emergência. O elevador parou com um tranco, e ele se aproximou de mim.

– Preciso te ajudar a entender a descrição do seu trabalho, senhorita Lauren?

– Sim. – Encarei-o em resposta. – Por favor, me ajude a encontrar a cláusula que diz que eu preciso aguentar a babaquice do meu chefe vinte e quatro horas por dia, a semana toda.

– Acredito que isso esteja mencionado na cláusula cinco.

Revirei os olhos e tentei apertar o botão S para que o elevador voltasse a funcionar, mas ele bloqueou minha passagem.

– Não recebi nenhum e-mail do seu namorado nos últimos tempos – falou ele. – É porque ele tirou um tempo mais do que necessário para melhorar o vocabulário?

– Não, é porque ele *me deu um pé na bunda*. Ele achou que eu estava passando tempo demais com o meu chefe superexigente.

– Ah, é mesmo? – Preston se aproximou mais ainda de mim, fixando seus olhos verdes nos meus. – Bem, nesse caso, seu chefe superexigente sente muito por esse término.

– Não sente, não.

– Definitivamente não – concordou ele com um sorriso maldoso. – No entanto, seu chefe está irritado com o fato de a assistente falar com ele como bem entende na frente da equipe executiva.

– Talvez, se ele parasse de tratá-la mal, ela consideraria mudar.

– Não gosto dos meus funcionários me fazendo passar vergonha.

– Boa parte disso você faz sozinho.

– Não me interrompa – ele sibilou. – Não tinha terminado de falar.

– *Você nunca termina*.

Silêncio.

Ele me encarou por vários segundos, parecendo estar indeciso entre me demitir ou me comer. E, antes que eu pudesse emitir um pedido de desculpas chocho, colidiu os lábios com os meus, empurrando-me contra o painel de botões.

A língua dele deslizou contra a minha, exigindo que eu deixasse com ele a liderança, e prontamente cedi ao seu ritmo.

Lutando contra um gemido, envolvi seu pescoço com os braços, e ele me beijou com mais força ainda.

– Coloca as pernas em volta da minha cintura – sussurrou ele, grosseiro. – Agora.

Não consegui. Estava muito envolvida em sentir a boca dele na minha. Muito absorta na duração e na intensidade dos nossos beijos. Fechei os olhos, sentindo os botões do painel nas costas.

Mordendo meu lábio inferior de leve, ele subiu meu vestido e colocou uma mão entre minhas coxas. Desacelerou quando suas mãos encontraram o cós de renda da minha calcinha e soltou uma risada baixa antes de arrancá-la com um único movimento.

Ele circulou, com o polegar, o meu clitóris encharcado, e eu abri os olhos.

– Ahhh… – Um gemido saiu da minha boca, e minhas unhas se fincaram na pele dele. Meu clitóris começou a pulsar com prazer.

Ainda me beijando com intensidade, ele enfiou um dedo dentro de mim, fazendo-me gemer ainda mais alto.

– Caralho, tão molhada – grunhiu, metendo os dedos em mim em um ritmo lento e sensual que deixou meus joelhos fracos. – Fala que você não pensou em transar comigo desde que começou a trabalhar aqui – sussurrou contra os meus lábios.

– Não pensei – menti e arqueei as costas, sentindo o elevador voltar a funcionar. Como se não se importasse, ele continuou me beijando e me controlando, apropriando-se do meu corpo de uma forma que eu nunca sentira.

O elevador parou de repente, e nos afastamos imediatamente um do outro.

Abaixei o vestido, e ele colocou minha calcinha no bolso antes que as portas se abrissem no andar da reunião.

– Como eu dizia – falou ele, saindo primeiro –, esta reunião não é opcional.

NOVE

Preston

Preciso arrumar um jeito de lidar melhor com isso...

Depois de descobrir o gosto da boca de Tara no elevador e de sentir quanto a boceta dela estava apertada nos meus dedos, sabia que não seria o suficiente. Precisávamos levar as coisas mais adiante, e logo, já que pensamentos sobre ela infiltravam-se em cada momento do meu dia.

Os gemidos ofegantes que saíram dela foram tudo em que consegui pensar durante a reunião de ontem e, à noite, imaginava-a de quatro, aguentando cada centímetro do meu pau e me implorando para deixá-la gozar.

Afastando esses pensamentos, dei uma olhada no sumário de hoje e repassei as anotações manuscritas dela. Bebi o café e marquei as partes que precisariam de mais detalhamento. Enquanto finalizava meu e-mail para ela, ela própria entrou em minha sala, maravilhosa como sempre.

– Sim, senhorita Lauren?

– Os Von Strum acabaram de ligar – anunciou. – Queriam avisar que, devido à sua insensibilidade, você seria a última pessoa a quem venderiam a rede de hotéis.

– Considerando que sou a última pessoa que teria interesse em comprá-la, pode dizer a eles que essa lógica é bastante sensata.

Um sorrisinho surgiu em seus lábios, mas ela não o deixou se espalhar. Deu alguns cliques na tela do celular e olhou de novo para mim.

– George não vai conseguir estar presente na sua reunião de expansão em Londres no mês que vem.

– E Wilder?

– Ele vai se casar com uma prima de terceiro grau. – Ela chegou mais perto e tirou os sachês extras de pimenta do meu prato de café da manhã. Em seguida, fez um gesto para que eu arrumasse a gravata. – Mandei um presente em seu nome.

– Não sou o tipo de homem que mandaria um presente a outro homem. Teria mandado uma garrafa de champanhe, no máximo.

– Foi o que mandei.

– Escolheu um ano bom?

– Escolhi um ano *ótimo*.

– Mil novecentos e noventa e seis?

– Mil novecentos e noventa e cinco. – Ela colocou uma pasta na minha mesa. – Aqui está o relatório de café da manhã das redes de hotéis econômicos que você alega não querer ler.

– Não quero mesmo. – Peguei da mão dela. – Qual está em primeiro lugar este mês?

– Os Hotéis W, *de novo*.

– Interessante. – Afastei uma memória do meu passado antes que ela pudesse ocupar minha mente. – Mais alguma coisa?

– Sim. Gostaria de discutir o que aconteceu no elevador ontem.

– O que tem?

– Eu estava fingindo.

– *Como é?* – Inclinei-me para a frente.

– Quero que saiba que eu estava pensando em outra pessoa o tempo todo. – Ela deu de ombros. – E gostaria que nossa relação, ou melhor, a nossa inexistência de relação, fosse cem por cento profissional, para que eu possa manter minha vida pessoal à parte.

Pisquei, atônito com a desculpa esfarrapada dela.

– Só para ver se entendi direito – falei, olhando bem nos olhos dela –, sua mente estava em outro lugar enquanto meus dedos estavam enfiados na sua xota ontem?

– Sim, senhor Parker. – Que mentira deslavada. – Tem mais alguma coisa que o senhor gostaria que eu fizesse agora à tarde?

– Sim, senhorita Lauren. – Reclinei-me na poltrona, fumegante. – Tem *muita coisa* que gostaria que você fizesse hoje à tarde...

DEZ

Tara

– Eu até perguntaria como foi seu dia, mas estou vendo a resposta escrita na sua cara. – Ava fez sinal para o bartender mais tarde naquela noite. – Pode trazer alguns shots da vodca mais forte que você tem para a minha amiga aqui, por favor?

– Obrigada. – Balancei a cabeça, xingando-me mentalmente por ter mentido a Preston sobre fingir no elevador. Por ter simplesmente tocado no assunto, sabendo que ele era birrento pra caramba e se vingaria, pedindo-me que fizesse vários trabalhos de "emergência".

Tinha consciência de que ele não precisava de vinte cópias do mesmo relatório de hora em hora e também de que não precisava que eu replanejasse o armário do escritório dele. E definitivamente não precisava que eu reorganizasse os documentos da mesa dele, mas, já que eu tinha feito isso, havia encontrado uma pasta escondida com ainda mais fotos dele com o irmão gêmeo. Tinha anotação de data e horário nelas, mas a mais recente era de dez anos atrás.

Queria confrontá-lo a esse respeito, mas isso foi antes de ele insistir que eu ficasse mais quatro horas para ajudá-lo com um discurso que ele só daria dali a seis meses. Também foi antes de me pedir que escolhesse o conjunto perfeito de botões de sua coleção entre quinhentos pares.

Por mais que ele me deixasse enfurecida, por mais que eu quisesse enfiar uma caneta no pescoço dele durante algumas reuniões, não podia negar o efeito que ele tinha no meu corpo toda vez que estávamos no mesmo ambiente juntos. Pior, quando estávamos nos falando por telefone.

Desde a maneira como ele me olhava quando estávamos sozinhos – como me despia peça por peça – até o modo como dizia meu nome, tudo me excitava. Não era capaz nem de começar a explicar o impacto que o sorriso sedutor dele tinha sobre mim, mas não achava que um dia me permitiria ultrapassar esse limite.

– Terra chamando Tara. Terra chamando Tara! – Ava colocou dois shots na minha frente, arrancando-me dos meus pensamentos. – Posso perguntar em que está pensando?

– Em me demitir.

– Isso é óbvio. – Ela riu. – Em que mais?

– Em como meu chefe está me forçando a viajar para Londres com ele no fim do mês.

– Sério? Uau, parece incrível! – Ela pigarreou. – Quer dizer... Ah, não! Londres não! Como ele ousa te levar no jatinho privado de luxo dele?

– Estou falando sério, Ava. – Mandei os dois shots para dentro. – Ele ocupa todo o meu tempo. Não transo desde que comecei nesse emprego porque não tenho hora nem para dormir, que dirá conhecer alguém.

– Ah, por favor, né?! Isso não é desculpa para não transar. Você não precisa conhecer ninguém hoje em dia para isso.

– Como assim?

– Usa o Tinder, boba. – Ela pegou o celular. – Baixa o aplicativo e arrasta para a direita quando encontrar alguém que chame sua atenção. Vê se a pessoa está perto, tipo, uns quinze quilômetros ou menos, e depois sugere que saiam para beber alguma coisa no mesmo dia. É tipo ter contatinhos ilimitados, perfeito para pessoas como você, que têm trabalhos sufocantes.

Você usa isso?

– É claro. – Ela pegou meu celular e baixou o aplicativo para mim. – Daqui em diante, você pode resolver alguns perrengues do seu chefe, dar umazinha e depois voltar para o trabalho. Sem problema algum.

– Mesmo que o cara com quem quero transar *seja* o meu chefe?

– *O quê?* O que foi que você disse?

– Eu disse que quero experimentar o Tinder hoje. Agora mesmo.

Meia hora depois, estava sentada em frente de um cara da Wall Street – completamente chocada pela forma como a tecnologia tinha mudado por completo o mundo dos encontros. Bem, o de sexo casual, pelo menos.

– Então, o que você faz mesmo? – ele perguntou. – Não entendi direito.

– Sou a assistente executiva de um CEO.

– Ah. – Ele sorriu. – Há seis meses, certo?

Assenti.

– Você deve amar seu trabalho, então.

– Não, eu amo o dinheiro. Meu chefe é horrível, acha que é dono de cada hora do meu dia, mas logo vou pedir demissão – falei, sem querer gastar muito tempo nesse tópico. Esse cara não era nem um pouco parecido com Preston, de jeito algum, mas era bonito o bastante, e eu precisava liberar com sexo de verdade o tesão que Preston me fazia sentir.

Já tinha saturado minha coleção de vibradores ao imaginar o rosto de Preston Parker, usando-o como inspiração tarde da noite, e queria dar uma folga merecida aos vibradores.

"Fala que você não pensou em transar comigo desde que começou a trabalhar aqui…"

– Com o que você trabalha? – perguntei.

– Sou estagiário júnior na Wells Fargo. – Ele se inclinou para a frente, sorrindo. – Odeio meu trabalho também; vou trocar em breve. Quer ir para outro lugar?

– Com certeza.

Ao me levantar, senti meu celular vibrando no bolso. Era um e-mail de Preston.

Assunto: Emergência. Preciso da sua ajuda

À meia-noite? Fiquei tentada a abrir, mas não cedi. Sabia que não era uma emergência de verdade e decidi que lidaria com o que quer que fosse depois de transar.

Minutos depois, quando estávamos na calçada, meu celular vibrou de novo. Preston.

Assunto: Sei que viu meu último e-mail…

Desliguei o celular e olhei para o cara, sem sequer me lembrar do nome dele.

– Minha casa ou a sua?

– Eu moro a oito quarteirões daqui.

– E eu, a dois – falei, indicando o caminho.

Ele preencheu o caminho curto com uma conversa banal, e eu não estava prestando atenção verdadeiramente. A única coisa em que conseguia pensar era nos lábios de Preston nos meus, a sensação de suas mãos indo para o meio das minhas coxas.

– Estou ansioso – disse o Cara Desconhecido, passando os dedos pelo cabelo enquanto eu passava meu crachá na entrada.

– Eu também. – Sorri e abri a porta, levando-o aos elevadores.

Entramos em um deles, e apertei o botão do meu andar. Achei que ele começaria a me beijar assim que as portas se fechassem, mas não fez isso. Ele só sorriu, e, a cada andar pelo qual passávamos, imagens de Preston controlando minha boca e enfiando os dedos em mim iam passando pela minha mente.

"Sua mente estava em outro lugar enquanto meus dedos estavam enfiados na sua xota ontem?"

Quando o elevador chegou, tirei minha jaqueta e o conduzi ao fim do corredor.

– Quer tomar um vinho antes de começarmos? Tenho Moscato na geladeira, ou… – Arfei de susto quando vi o homem que estivera comandando minha vida e minhas fantasias inclinado contra a parede, usando um de seus ternos cinza impecáveis.

O que é que ele está fazendo aqui, inferno?

Sorrindo, Preston se afastou da parede e veio até mim.

– Sabe, acho que preciso colocar outra pessoa como contato de emergência se for me ignorar para... – Ele olhou para o Cara Desconhecido e revirou os olhos. – Fazer o que quer que isso seja.

– Você disse que era solteira – falou o Cara Desconhecido. – Não curto muito gente mal resolvida com ex.

– Ela é solteira – disse Preston. – Bastante.

– Então quem é você?

– O chefe horrível que acha que é dono de cada hora do dia dela. – Ele sorriu. – Com certeza ela deve ter falado de mim.

– Falou mesmo. Usando essas mesmas palavras, inclusive.

– Humm – respondeu Preston, ignorando meu olhar fulminante. – Bem, temos uma situação emergencial de trabalho que precisamos discutir em particular.

– Ah, claro. – O Cara Desconhecido deu de ombros. – Bem, me manda mensagem outra hora então, Tara? – Ele se inclinou para me dar um beijo na bochecha, mas Preston me puxou para longe dele.

O Cara Desconhecido piscou, confuso, tentando beijar meu rosto de novo, mas Preston me puxou mais uma vez.

– Ok, então – disse ele. – Boa noite, Tara, e chefe da Tara.

– *Boa noite* – respondemos em uníssono, fazendo-o parecer ainda mais confuso ao sair às pressas para o elevador.

Assim que ele saiu de vista, empurrei Preston.

– O que é que você está fazendo aqui?

– Estava preocupado com o seu bem-estar. – Ele sorriu. – Mandei dois e-mails, três mensagens de texto e liguei. Você não respondeu nem atendeu.

– Porque eu estava te ignorando!

– Ia transar com ele?

– Não é da sua conta, que saco – sibilei, quase perdendo o fôlego. – Minha vida fora do horário de trabalho não é da sua conta. E eu... – Espirrei quando o cheiro do jantar do vizinho, que parecia conter alho, veio pelo corredor até o apartamento. – Não preciso que fique me ligando e mandando e-mails toda hora. – Espirrei de novo.

Ele tirou um lenço do bolso do terno e o entregou a mim.

– Obrigada. – Peguei-o da mão dele e soltei o ar. – Qual é a emergência?

– É muito urgente. – Ele pegou dois botões do bolso. – Queria que me dissesse se acha esse par brilhante o suficiente para a minha sessão de fotos no fim de semana com a GQ ou se acha que eu devia poli-los antes.

PUTA. MERDA.

– Você só pode estar de brincadeira.

– Estou falando sério. – Ele sorriu. – Os botões precisam ficar bonitos nas fotos, não acha?

– Você me fez perder a chance de transar por isso?

– Não, eu te fiz perder a chance de se decepcionar – falou ele, chegando mais perto. – Seria uma pena se transasse com alguém enquanto pensa em outra pessoa o tempo todo. Além do mais – Preston abaixou o tom de voz e sussurrou no meu ouvido –, ele parece ser do tipo estagiário, e nós dois sabemos que esse não é o seu tipo. – Ele se afastou e me olhou de cima a baixo, prendendo-me no lugar com seu olhar caloroso. – Não sei se já te contei, senhorita Lauren, mas não gosto de ser ignorado.

– Anotado – respondi, odiando o fato de que minha calcinha estava encharcada. – Não sei se já te disse que te odeio...

– Ah, você diz todo dia. – Ele sorriu de novo e começou a se afastar, mas depois parou e olhou por sobre o ombro. – Vou querer meu café com você de quatro amanhã de manhã.

– O que foi que disse?

– Você me ouviu bem.

DOIS ANOS INTEIROS DEPOIS...

ONZE

Tara

Assunto: Sua festa de aniversário (sinto muito por não ir)

Oi, Mariah!

Desculpa por não conseguir ir à sua festa de aniversário no fim de semana. Sei que trintar é um marco importante e que Ava e eu tínhamos prometido ir para Las Vegas te ver, mas não vai ter como.

Preciso fazer uma viagem a negócios para a Bélgica com o meu chefe.

Por favor, me manda fotos!

Tara Lauren
Assistente executiva de Preston Parker, CEO da Parker International

Assunto: Seu casamento (não vou poder ir)

Oi, Britney!

Sei que veio a Nova York no mês passado com seu alfaiate para tirar minhas medidas para um vestido de madrinha, mas não vou conseguir ir ao seu casamento no mês que vem.

Três pessoas se demitiram na empresa, e meu chefe vai me levar para a Espanha para uma reunião emergencial de estratégia para um novo hotel que ele está montando lá.

Por favor, me manda fotos!

Tara Lauren
Assistente executiva de Preston Parker, CEO da Parker
International

Assunto: Sua defesa amanhã (desculpa mesmo!)
Oi, Greg!
Muito obrigada por me chamar para a sua defesa! Sei
que somos amigos desde os sete anos, e você fala de
fazer doutorado desde que estávamos no ensino médio,
então parabéns por, enfim, conseguir essa conquista!
Infelizmente, não vou poder ir, já que ainda estou em
Seattle com meu chefe e estamos atolados com o trabalho
de marketing para uma nova campanha. (Se conseguir
outro Ph.D., prometo que da próxima vez não perco…)
Por favor, me manda fotos!

Tara Lauren
Assistente executiva de Preston Parker, CEO da Parker
International

Assunto: Seu chá de bebê (ainda posso ser a madrinha?)
Oi, Elise!
Muito obrigada por me escolher para ser a madrinha
do bebê Chase! Estou tão animada para a chegada dele
no outono!
Sei que seu chá de bebê é daqui a quatro semanas, mas
queria te avisar que não vou conseguir ir. Meu chefe
acabou de agendar três tours internacionais seguidos.
(Mas estou mandando fraldas e macacões, viu?)

Tara Lauren
Assistente executiva de Preston Parker, CEO da Parker
International

Assunto: Quem vence nunca desiste (desculpe o linguajar)

Só por curiosidade, mãe…
Seu bordão por acaso se aplica a uma pessoa que está
trabalhando para um chefe que é um cuzão e está,
sozinho, destruindo toda a vida social dela? Sim ou
não?

Tara Lauren
Assistente executiva de Preston Parker, CEO da Parker
International

Assunto: Re: Quem vence nunca desiste (desculpe o linguajar)

Você mandou esse e-mail para mim de propósito, em
vez de para sua mãe?

Preston Parker
CEO e proprietário da Parker International

Assunto: Re: Re: Quem vence nunca desiste (desculpe o linguajar)

SIM.

Tara Lauren
Assistente executiva de Preston Parker, CEO da Parker
International

DOZE

Preston

Puerto Vallarta, México

Devia haver uma palavra no dicionário com um significado mais forte que o de "tortura". Uma palavra que captasse com perfeição como seria ter o mundo na ponta dos dedos, a habilidade de conseguir o que eu quisesse quando quisesse, menos aquilo que eu mais desejava. A única coisa que estava sempre ao meu lado, o dia todo, todos os dias.

Exceto quando ela está "se atrasando" de propósito...

Olhando pela janela do The Coast Bar, observei a chuva torrencial sobre as areias brancas da praia, perdido em pensamentos, tentando adivinhar quanto Tara ia se atrasar para o nosso almoço particular de hoje. Irritado, peguei o celular para ver se ela havia me mandado um e-mail, e vi uma mensagem não lida.

Assunto: Não se esqueça de nós

Querido sr. Parker,

Quero que saiba que ainda tenho muito espaço para o senhor no meu coração, assim como sei que há espaço para mim no seu. Entendo que outra pessoa se tornou um obstáculo para nós dois com as mudanças que ela implementou recentemente no protocolo do escritório (que ousadia a dela em revogar meus privilégios de entrar na sua sala!!!), mas ainda estou aqui para

quando o senhor precisar de mim, a qualquer momento
que for.

Estou com saudades e sei que está com saudades de
mim também.

Cynthia Avery
Recepcionista executiva, Parker International

Obs.: Mandei uma foto nova ontem à noite. Meu número
ainda está bloqueado? (Vai se arrepender muito se
deixar essa passar… 😉)

Meu Deus…

Deletei o e-mail dela e coloquei o celular de volta sobre a mesa. A última coisa que queria fazer em uma viagem internacional a negócios era ter que lidar com qualquer pessoa de Nova York. E, embora jamais fosse admitir, amava o fato de Tara ter instaurado as novas políticas, assim eu mal via Cynthia ou qualquer outro funcionário auxiliar, a menos que desejasse fazê-lo especificamente. Ela chegou a realocar os recepcionistas e secretários para o andar abaixo do nosso, deixando nosso piso apenas para executivos de nível C.

Tara estava mais irritada comigo do que de costume nos últimos tempos e vinha me dando um gelo ainda mais frio e perverso.

Desde aquela noite no corredor do condomínio dela, mais de um ano atrás, ela forçara uma distância entre nós: evitava pegar o elevador sozinha comigo, saindo no próximo andar possível assim que eu entrava; insistia que estagiários ficassem no nosso piso sempre que eu pedia a ela que permanecesse até mais tarde e respondia às minhas ligações na madrugada com "Quero que saiba que estou gravando cada palavra desta conversa para o RH, senhor Parker".

Infelizmente, nenhuma dessas coisas foi páreo para a tensão que existia entre nós dois. Só a fez piorar, na verdade.

A cada dia que passava, a cada minuto que ficávamos juntos, minha atração por ela se tornava mais insuportável. Tudo, desde o formato de sua boca à curva de seus quadris, era o suficiente para me deixar de pau duro sempre que ela entrava no recinto, e eu já havia desistido de tentar lutar contra isso.

Tirando o fato de que nunca estive tão sexualmente frustrado na vida e que meus banhos frios vinham batendo o recorde de quatro por dia, eu achava que a relação que tinha com Tara era o mais perto do que eu podia chamar de amizade. Minha *primeira* amiga de verdade. E, em nível profissional, achava sinceramente que ela era mais sócia da minha empresa do que assistente executiva.

– Senhor Parker? – Um garçom apareceu na minha frente com uma caderneta. – Gostaria de pedir algum aperitivo enquanto espera por sua companhia ou já quer fazer o pedido?

Olhei pela janela de novo, vendo que a praia agora estava completamente deserta.

– Já vou fazer o pedido.

– Estupendo. O que o senhor deseja hoje?

– Para mim, o especial do chef com o melhor vinho tinto que tiverem.

Ele assentiu.

– Excelente escolha, senhor. E sua companhia?

– Ela vai querer experimentar a vieira, mas peça ao chef que não use manteiga – pedi. – Ela também vai querer uma salada pequena com vinagre balsâmico e um frango grelhado, e pode caprichar no tomate. Ah, ela é alérgica. Pode não usar alho nem cebolinha no preparo, por favor?

– Como quiser, senhor. – Ele ainda estava escrevendo. – Já sabe o que ela vai querer beber?

– Vodca. – Sorri. – A mais forte. Coloca para mim em uma taça de vinho com um morango de enfeite, para ninguém descobrir.

– Pode deixar, senhor. – Ele se afastou, e eu peguei o celular.

Deslizei a tela até encontrar o nome de Tara, hesitando em ligar para ela, porque já sabia o que ela iria dizer:

– *Sim, ainda estou gravando cada palavra do que diz, e, só para constar, essa viagem a negócios foi muito em cima da hora, então vou chegar às reuniões conforme minha vontade. Agora, não estou a fim.*

Sorri só de pensar, e, bem quando apertava o botão de ligar, ela entrou no restaurante usando um vestido preto e cinza deslumbrante com um par de saltos vermelhos. Deixou o guarda-chuva na porta e cumprimentou o gerente.

Como sempre, a risada rouca e sexy dela chamou a atenção de todo mundo que a ouviu, e, assim que colocou os pés no piso do restaurante, cada um dos homens no raio de visão dela a encarou.

Trêmula, ela veio até nossa mesa. Eu me levantei, tirando meu blazer e colocando-o sobre seus ombros.

Esperei até que ela se sentasse antes de voltar à minha cadeira.

– Ainda está me dando um gelo?

– Depende. Vai se desculpar por insistir que eu esteja presente neste almoço particular e na reunião executiva logo depois, sendo que pedi com todas as palavras para tirar o dia de folga?

– Não acho que seja apropriado para um chefe se desculpar com uma funcionária por pedir a ela que faça seu trabalho.

– Imaginei. – Ela colocou os braços no meu casaco e fez uma careta, ficando mais sexy do que nunca. – Quando os executivos vão chegar?

– Eles não vêm. Adiei a reunião para hoje à noite quando percebi que você iria se atrasar demais.

– Quanta consideração da sua parte. Da próxima vez, vou te fazer esperar duas horas em vez de só uma.

– Nós dois sabemos que você nunca faria isso.

Claro, porque amo tanto o meu emprego, né?

– Porque você é viciada em trabalho, como eu – falei. – Você odeia o ócio durante o dia.

– Odeio trabalhar para *você* durante o dia.

– Senhorita? – O garçom voltou à mesa antes que eu pudesse responder. – Quer acrescentar alguma coisa ao seu pedido?

– *Acrescentar?* – Ela olhou para mim e revirou os olhos. – Posso refazer meu pedido? Duvido que meu acompanhante de refeição tenha pedido algo de que eu goste e odiaria ter que fazer o chef perder tempo recusando o prato.

– Claro, senhorita. – Ele pegou a caderneta e abriu o cardápio. – O que gostaria de pedir hoje?

– Humm. – Ela fez uma pausa. – Vou querer experimentar a vieira, mas pode pedir ao chef que não coloque manteiga, por favor? Também quero uma salada pequena com vinagre balsâmico e frango grelhado. Com bastante tomate.

Ele parou de escrever, olhando para mim, confuso, enquanto Tara continuava a falar:

– E sou alérgica. Pode pedir ao chef que não coloque alho nem cebolinha na salada, por favor?

– Como quiser. – O garçom assentiu. – E o que quer para beber com sua refeição?

– Sua vodca mais forte, por favor. Mas coloque para mim em uma taça de vinho com um morango de enfeite, para ninguém saber o que é, por gentileza.

– Já volto com o seu pedido, senhorita. – Ele se afastou da mesa, e ela me encarou.

– É exatamente por isso que prefiro pedir minha própria comida – falou ela. – Sou muito específica.

– Não fazia ideia. Enfim, quer voltar a agir como adulta e me ajudar com os preparativos da reunião? Por onde acha que devemos começar?

Ela não respondeu. Apenas pegou o telefone e clicou na tela.

Segundos depois, meu celular vibrou com um e-mail.

Assunto: Seu terno e sua gravata

Já falei inúmeras vezes que, quando você usa terno e gravata azul-marinho, aparenta ser muito mais prepotente do que é. (O que é uma surpresa, para

ser sincera.) É melhor usar um terno cinza e uma
gravata de risca de giz para a reunião hoje à noite.

Tara Lauren,
Assistente executiva de Preston Parker, CEO da Parker
International

– Você está sentada na minha frente e prefere mandar e-mails a conversar comigo? – perguntei.
Meu celular vibrou de novo.

Assunto: Sua pergunta retórica
SIM.

Tara Lauren
Assistente executiva de Preston Parker, CEO da Parker
International

Assunto: Re: Sua pergunta retórica
Não me lembro de ter perguntado se você enfim me deixaria te comer, mas, se sua resposta a essa "pergunta
retórica" continuar a mesma…

Preston Parker
CEO e proprietário da Parker International

– Ok, você venceu. – Ela colocou o celular de volta na mesa ao ler minha última mensagem. – Podemos repassar os preparativos da reunião depois de comer.
– Foi o que pensei.

O garçom trouxe nossos pratos e nossas bebidas alguns minutos depois, e ela tirou o frasco de pimenta do meu lado da mesa na mesma hora. Tirei a cesta de pães do dela.

– Enquanto isso – disse ela –, você vai precisar de uma acompanhante para a premiação do *Senhor Nova York* no fim do mês que vem. Quer que eu encontre uma para você?

– Quero é que pare de fazer graça e venha comigo.

– Já disse inúmeras vezes que não seria apropriado da minha parte ir a eventos como sua acompanhante. Você é meu chefe.

– E eu disse que isso não importa e que ninguém vai dizer porra nenhuma, já que a empresa é minha.

– Então nada de acompanhante. – Ela deu de ombros. – Vou confirmar só uma presença. É bom que saiba também que o *New York Times* vai lançar uma matéria com uma manchete nada lisonjeira sobre você na semana que vem.

– Qual é a manchete?

– *Hoteleiro sem coração participa de série documental.*

Peguei o garfo.

– Também acha que sou sem coração?

– Sim.

– É minha pior qualidade?

– Não – respondeu ela. – Você também é evasivo.

– Como?

– Porque sei que você tem um irmão gêmeo cuja existência se recusa a confirmar por algum motivo – disse ela. – Você não fala dele em entrevistas nem em qualquer biografia lançada sobre você. Nem seus pais são mencionados, então vai ser muito interessante te ver em um documentário, tendo em vista que você não se abre sobre nada. A menos que... Você tem planos de finalmente falar sobre sua família?

Segurei o garfo no ar, tensionando o maxilar ao processar as palavras dela.

– Eu não tenho família, *senhorita Lauren*. Já te disse isso muitas vezes.

– Imaginei. – Ela colocou uma garfada de vieira na boca. – Mais alguma coisa aleatória que queira perguntar?

– Está namorando?

– O quê? – Ela tossiu.

– *Está namorando?* – repeti, tentando mascarar meu ciúme.

– Quando, francamente, você acha que eu tenho tempo de encontrar um namorado, Preston?

– Talvez durante todo esse tempo em que estamos aqui, quando passa as noites no lounge particular do meu hotel, sussurrando para lá e para cá ao telefone por horas, em vez de ficar no seu quarto.

– Posso saber por que você foi ao meu quarto em plena madrugada?

– Não é disso que estou falando – respondi. – Você não estava lá. Ele é mais um estagiário?

– Não. – Ela cruzou os braços. – Não tem "ele" coisa nenhuma. É minha mãe.

– Sua mãe está no Japão, e ela odeia falar ao telefone.

– Odeia mesmo, mas ela está no meio de outro exercício de "autoconhecimento" e precisa conversar comigo por duas horas sobre suas esperanças e seus sonhos, para melhorar sua "aura" e energia espiritual. – Tara deu um gole longo na vodca. – Ela também se convenceu de que precisa me ajudar a me livrar da minha aura negativa, então acabamos conversando por mais tempo.

– Ela ainda te diz que quem vence nunca desiste?

– Todo santo dia...

TREZE

Tara

Bélgica, Suíça, China, Inglaterra, França, Austrália, Egito, República Dominicana, Canadá, México...

Folheei as páginas do meu passaporte enquanto o jatinho privado de Preston voava pelo céu. As folhas estavam marcadas com os selos mais recentes dos países que eu mal me lembrava de ter visto, cada uma um lembrete de como minha vida tinha mudado drasticamente em dois anos.

Tinha alugado um apartamento exclusivo na avenida Park, que oferecia jantar na cobertura toda semana, com os melhores chefs da cidade e passes de acesso antecipado a shows da Broadway. Meu guarda-roupa estava cheio de roupas de designers que antigamente eu só sonhava em usar, e não precisava mais roubar nada para sobreviver. (Bem, ainda tirava vantagem de um café da manhã de cortesia aqui e ali.)

Meu salário agora havia sido dobrado em relação a quando comecei a trabalhar e eu havia ganhado vários bônus. Apesar de todas essas coisas, ainda me sentia infeliz pra caramba.

– Aceita um lanche, senhorita Lauren? – perguntou a comissária de bordo que parou à minha frente. – Seu pedido sem glúten favorito, talvez?

Assenti.

– Obrigada.

– Imagina! – Ela colocou o mix de castanhas em uma tigela e me entregou uma garrafinha de água. Em seguida, ajustou o travesseiro atrás da minha cabeça e sussurrou: – O senhor Parker gostaria de saber se quer fazer uma paradinha em algum lugar antes de aterrissarmos em Nova York.

– Não, só quero ir para casa.

– Muito bem, senhorita.

Quando ela me deixou a sós, peguei o celular para mandar um e-mail para Ava.

Assunto: Viagem ao centro do inferno (mais ou menos)

Estou no avião com Preston agora, então não posso te ligar, mas mal posso esperar para chegar em casa e te contar todas as merdas que ele me fez aguentar esta semana. Ele me deu um dia de folga, Ava. Um! (E nem acho que conta, porque, ainda assim, me ligou às duas da manhã por nada. POR PORRA NENHUMA!

Tara Lauren
Assistente executiva de Preston Parker, CEO da Parker International

Ela me respondeu na mesma hora.

Assunto: Re: Viagem ao centro do inferno (mais ou menos)

Peraí. Você está me mandando um e-mail de um jatinho particular depois de passar uma semana no Hotel Parker número 1 do mundo e quer voltar para casa para reclamar da sua vida? Garota????

Ava Sanders
Amiga pessoal de Tara Lauren, da Parker International, que neste exato momento está vivendo a vida que eu queria

Assunto: Re: Re: Viagem ao centro do inferno (mais ou menos)

Estou mesmo começando a sentir que não tenho mais "vida" própria...

Tara Lauren
Assistente executiva de Preston Parker, CEO da Parker International

Balançando a cabeça, larguei o celular e olhei pela janela, até que a cidade de Nova York apareceu.

Aterrissamos sob uma chuva leve, mas, antes que eu pudesse respirar o ar da cidade que me era familiar, ouvi Preston falando com o piloto.

– Precisamos ir a Paris – disse ele. – Agora. Peça a Heath que encha o tanque do avião e nos leve para lá o mais rápido possível.

– Sim, senhor.

Soltei o cinto e fui para a frente da cabine.

– Eu te ouvi mesmo dizer que vamos para Paris agora?

– Sim. – Ele pareceu despreocupado, como se não houvesse necessidade de perguntar se eu estava de acordo com essa mudança brusca de planos. – Aconteceu um incidente com o setor sênior da gerência do meu hotel. Vamos precisar passar uma semana lá.

– Posso ao menos voltar para casa antes e pegar roupas novas?

– Compro o que você quiser quando chegarmos lá. – Ele me entregou um cartão preto, e vi que meu nome agora estava impresso sob o dele como usuária autorizada.

– Acabei de trabalhar direto para você por duas semanas no México.

– E agora vai trabalhar direto comigo por uma semana na França.

– Com todo respeito – falei, sentindo uma dor de cabeça despontando –, preciso de uma pausa.

– Fique à vontade para dormir. – Ele apontou para a suíte privada no fundo. – É um voo de nove horas.

– E se eu tiver planos em Nova York no fim de semana?

– Tem? – Grunhi e mordi o lábio. É claro que eu não tinha. Os planos *dele* eram os meus planos. A vida *dele* era a minha vida, e eu já nem sabia mais separar uma coisa da outra. – Foi o que pensei – falou ele. – Esta semana vou te dar mais tempo para praticar sua apresentação de projetos, já que vai a reuniões por mim.

O avião começou a se movimentar, preparando-se para a decolagem, e eu voltei para o fundo. Quando fui bater a porta, Preston a segurou e me encarou.

– Algum problema, senhorita Lauren?

– *Você*, porra. Você é o meu problema.

Ele teve a audácia de sorrir, a audácia de chegar mais perto de mim.

– Se ainda está brava assim comigo, posso pensar em uma maneira de darmos um jeito nisso de uma vez por todas.

– Não se preocupe. Já pensei em como vou dar um jeito nisso de uma vez por todas assim que chegarmos em casa.

Ele arqueou uma das sobrancelhas, parecendo confuso, mas, antes que pudesse dizer alguma coisa, o motorista particular veio falar com ele:

– Senhor Parker, o gerente do seu Hotel Lexington ligou. Disse que é urgente.

Preston suspirou e olhou para mim.

– Já voltaremos a isso.

– *Não voltaremos, não.*

Ele saiu da suíte, e eu prometi a mim mesma que, não importava quanto custasse, assim que voltássemos a Nova York, finalmente eu faria o que deveria ter feito meses atrás.

Cansei de aguentar essas merdas dele...

CATORZE

Tara

A quem possa interessar:

Quero agradecer muito por ter sido meu chefe babaca nestes últimos dois anos. Sou grata de verdade por todas as merdas que me fez aguentar — em especial, todas as ligações durante as madrugadas, as reuniões intermináveis, as viagens de última hora exaustivas e os comentários sarcásticos e desnecessários sobre meus erros gramaticais em e-mails. (Inclusive, eu nunca, JAMAIS, apontei que você erra crases e adora usar a redundante expressão "como por exemplo", mas isso fica para outro dia.)

A partir de agora, encerro em definitivo meu vínculo empregatício com a sua prepotência infernal. Boa sorte tentando conseguir encontrar alguém para me substituir que seja METADE do que eu fui como sua assistente. (Sim, tenho plena noção de que tem um gerundismo na frase anterior. Aguente!)

ADEUS.
Tara Lauren

Essa carta não é nem um pouco parecida com a dos modelos.

Relendo o artigo sobre "Como pedir demissão do seu emprego", deletei as palavras e respirei fundo. Servindo a mim mesma uma quarta taça de vinho, tentei pensar como uma profissional e, assim, digitei o segundo rascunho.

<u>A quem possa interessar:</u>

Escrevo esta carta para formalizar meu pedido de demissão da Parker International (e do CEO arrogante e prepotente), a entrar em vigor daqui a duas semanas.

Foi uma decisão <u>MUITO FÁCIL</u> de se tomar, já que os últimos dois anos têm sido definitivamente infelizes. Desejo toda a sorte do mundo à próxima assistente executiva (ela vai precisar), e, se meu chefe precisar que eu faça algo por ele nas próximas duas semanas, por favor, digam que a mão dele não vai cair se ele mesmo fizer...

Com carinho (só que não),
Tara Lauren

Parei e comecei de novo, bebendo uma taça após a outra, até que a carta passasse uma impressão totalmente profissional. Até não haver nenhum traço de malícia nem de irritação em minhas palavras. E, quando tive certeza absoluta de que estava perfeita, imprimi em folha branca vintage (ele odiava cartas importantes impressas em folha sulfite), assinei com tinta preta e me preparei para entregá-la na manhã da segunda-feira.

QUINZE

Tara

– Dois cafés colombianos grandes com quatro essências de sabor, exatamente na temperatura de sessenta e oito graus? – O barista na Sweet Seasons anunciou meu pedido na manhã de segunda. – Para a senhorita Lauren?

– Sou eu – falei, pegando as bebidas e indo para o carro particular. Ao apoiar as costas no banco, fechei os olhos e repassei as palavras que já tinha decorado no fim de semana, certificando-me de que soavam tão claras e concisas quanto no papel.

Prezado Preston Parker,

Gostaria de agradecê-lo formalmente por ter me contratado como sua assistente executiva mais recente. Sou grata por tudo o que aprendi enquanto trabalhei em sua empresa, e desenvolvi um novo grau de respeito por todo o esforço necessário para fazer de um hotel um lar para os hóspedes. Também sou grata pelo fato de que o senhor me concedeu diversos bônus por meu trabalho nas campanhas de marketing e pelo senhor ter acatado meu conselho em relação aos negócios do Kleiserman. Agradeço também por ter me atribuído a Chave de Quarto Dourada, o prêmio mais prestigioso entre os funcionários da Parker International, depois de eu ter conseguido que o senhor pudesse voltar a negociar com os Von Strum.

Dito isso, esta carta serve como meu aviso-prévio de duas semanas.

A partir de 3 de agosto, não serei mais funcionária da Parker International e não atuarei mais de maneira alguma como sua assistente executiva.

Desejo tudo de bom ao senhor na busca por outra pessoa para o meu cargo e farei o melhor que eu puder para liderar esse processo. Garanto que continuarei trabalhando arduamente até meu último dia.

Obrigada mais uma vez por todas as oportunidades, e espero, de verdade, que o senhor me conceda ótimas referências em troca do trabalho excelente que lhe prestei ao longo desses anos.

Atenciosamente,
Tara Rose Lauren

Respirei fundo e suspirei. *Está perfeita, Tara. Não dê para trás agora. Não dê para trás.*

Quando cheguei ao seu escritório, ele já estava sentado atrás da mesa, e o novo estagiário desembrulhava seu café da manhã.

– Bom dia, senhorita Lauren – falou ele, sorrindo. – Houve algum problema com o seu celular no fim de semana?

Fora o fato de que bloqueei seu número temporariamente?

– Talvez. – Dei de ombros. – Acho que ouvi algumas pessoas dizendo que estavam *saturadas* com a recepção do celular, então talvez tenham decidido cortá-lo.

– Não fiquei sabendo disso. – Ele estreitou os olhos para mim. – Houve algum problema com o seu e-mail no fim de semana também? Mandei algumas coisas.

– Trinta não é "algumas coisas".

– Então você os recebeu?

– Sim.

– E está pensando em responder a eles?

– Sim, senhor Parker. – Percebi que o estagiário estava com dificuldade de abrir uma garrafa de suco de laranja, então a peguei e a abri para ele. – Vou responder aos e-mails quando tiver um tempo.

– Quando tiver um tempo... – Ele repetiu minhas palavras como se não tivesse certeza do que queriam dizer. Parecia prestes a falar algo bastante grosseiro, mas seu telefone tocou e ele atendeu.

Soube de imediato que era George, pelo tom que ele usou, e, ao voltar a atenção para sua mesa, peguei minha carta de aviso-prévio na bolsa e a coloquei embaixo de seus bagels.

Suspirando com alívio, saí da sala dele e tranquei a porta da minha. Larguei a bolsa no chão e dei uma olhada pelo escritório (esperava ser uma das últimas vezes).

Será que eu deveria levar estas estantes de livros comigo quando for embora?

Demorei-me andando pelo escritório, apreciando o espaço que nunca tive tempo de usar direito. Das espreguiçadeiras à TV de tela plana pendurada no canto, da suíte interna com uma cama pequena para cochilos (quem vê pensa!) à jacuzzi de luxo. Não consegui deixar de balançar a cabeça, lembrando-me de quando essas coisas tinham sido instaladas. Quando achava de fato que conseguiria tirar proveito daquilo.

Enfim, forcei-me a ir para a minha mesa e começar a trabalhar. Já eram dez horas, e um novo e-mail de Preston estava no topo da minha caixa de entrada.

Assunto: Seu aviso-prévio
De jeito nenhum.

Preston Parker
CEO e proprietário da Parker International

Assunto: Re: Seu aviso-prévio
Não está aberto a discussão.

Tara Lauren
Assistente executiva de Preston Parker, CEO da Parker International

Assunto: Re: Re: Seu aviso-prévio

Então está aberto a litígio legal e consequências financeiras (e profissionais) sérias. Com certeza, depois de trabalhar aqui por dois anos e saber do que minha equipe jurídica é capaz, não vai querer passar por isso.

Preston Parker
CEO e proprietário da Parker International

Assunto: Re: Re: Re: Seu aviso-prévio

Está ameaçando me processar para me impedir de me demitir? É sério?

Tara Lauren
Assistente executiva de Preston Parker, CEO da Parker International

---

Assunto: Re: Re: Re: Re: Seu aviso-prévio

Muito pelo contrário, srta. Lauren. Sugiro com veemência que leia as letras miúdas do contrato que assinou quando começou a trabalhar para mim. Leia também a segunda parte das letras miúdas a respeito do aceite dos bônus que foram concedidos a você ao longo dos últimos dois anos.

Quando terminar, por favor, peça a outro estagiário que traga meu café da manhã certo. (Sabe que odeio omeletes no estilo americano.)

Preston Parker
CEO e proprietário da Parker International

```
[TaraLaurencontrato.pdf]
[condicoesdedemissao.pdf]
[condicoesdeaceitedebonus.pdf]
```

Revirei os olhos e enviei os documentos à minha impressora. Eu os li com uma caneta vermelha em mãos, grifando algumas cláusulas questionáveis sobre viagens e descontos para funcionários, mas não havia nada sobre demissão.

A única coisa que chegava remotamente perto era uma cláusula que vetava a concorrência sobre a tentativa de "procurar outro emprego enquanto ainda estiver trabalhando para a Parker International sem notificação prévia [ao chefe]", mas já tinha muito tempo que havia desistido de procurar outro emprego enquanto trabalhava para ele. Depois de oito entrevistas finais consecutivas e oito rejeições consecutivas, não tinha mais tempo para me dar o luxo de ter esperança.

Reli os contratos uma última vez, mandando-os para Ava, a fim de que ela encontrasse algo que eu tivesse deixado passar, mas tudo o que ela respondeu foi: "Do que é que ele está falando, inferno? Não tem NADA aqui! VOCÊ SÓ SE FODE COM ELE (não no sentido literal e sexual. Tipo, não quis dizer de jeito algum que vocês transam)".

Balancei a cabeça e mandei outro e-mail para Parker.

Assunto: As letras miúdas
```
Li o contrato diversas vezes. Não tem nada sobre meu
pedido de demissão…


Tara Lauren
Assistente executiva de Preston Parker, CEO da Parker
International
```

Assunto: Re: As letras miúdas
```
Venha à minha sala, e vou mostrar que tem, sim.
```

Preston Parker

CEO e proprietário da Parker International

Peguei os papéis impressos e fui até a sala dele, deixando a porta escancarada.

Coloquei as páginas sobre sua mesa e cruzei os braços.

– Não vejo regra alguma sobre eu me demitir.

– Está na última página.

Inclinei-me sobre ele, inalando o aroma inebriante de sua colônia, e virei para a última página. Havia apenas um parágrafo no topo e minha assinatura no fim da página.

– Está se referindo à cláusula sobre eu concordar com todas as regras acima? – perguntei. – As regras acima que não mencionam penalidades por demissão?

– Não – disse ele, sorrindo. – Estou me referindo aos cinco parágrafos logo acima da sua assinatura.

Meu olhar era um vazio só, assim como o meio da página.

– Olha aqui, não sei que tipo de joguinho mental está tentando fazer, mas eu te entreguei meu aviso-prévio e vou enviá-lo ao RH assim que assinar a cláusula seis, para me pagar em dinheiro as férias que fiz por merecer. Também quero uma referência sua por escrito que possa levar a qualquer entrevista de emprego que eu consiga no futuro.

Ele riu e abriu a gaveta, pegando um marca-texto cinza.

– Não faço joguinhos mentais, senhorita Lauren, e, da próxima vez que assinar um contrato, estou certo de que vai analisá-lo em mais detalhes antes de fazê-lo.

Ele foi passando o marca-texto pela seção vazia, e as palavras *em tinta branca* começaram a aparecer. Levou um tempo para ele grifar os cinco parágrafos inteiros, sem tirar aquele sorriso zombeteiro do rosto, e depois entregou o papel para mim.

– Pronto – falou ele. – Como eu dizia, recomendo com veemência que leia as letras miúdas.

Minha atenção se voltou para as palavras "período de vínculo empregatício indefinido" e quase gritei.

– Por que não me falou sobre isso antes?

– Você nunca perguntou.

Senti meu sangue fervendo, minha mão a segundos de lhe dar o tapa que ele merecia.

– Cuidado aí – alertou ele. – Nós dois sabemos que, quando está irritada, você tende a dizer coisas que não quer dizer.

– Eu te odeio pra caralho – respondi, enfurecida. – Te odeio pra caralho de verdade.

Ele sorriu, completamente indiferente.

– Isso não pode ter validade... – Ainda não conseguia acreditar. – Você imprimiu os termos mais nocivos em tinta branca ilegível.

– E? – rebateu ele. – Legalmente falando, isso não a exime de lê-los. Como uma pessoa que possui formação em Direito, tenho certeza de que seus professores te alertaram para ter cuidado com muito espaço em branco em um contrato, para o caso de haver cláusulas ocultas.

– Então admite que escondeu de propósito?

– Estou admitindo que você deveria ter lido. – Ele sorriu. – Quer revisitar os documentos dos Von Strum, agora que é oficialmente minha parceira nesse projeto? Parece que esse vai ser seu esforço mais promissor até hoje.

Fiquei parada, encarando-o.

– Em contrapartida – falou ele, até que soando sincero, embora eu soubesse que ele não estava sendo verdadeiro –, algo me diz que precisa de uma folga, então fique à vontade para voltar para casa, e podemos retomar isso amanhã.

Não respondi nem uma palavra. Saí a passos duros de sua maldita sala, fui direto para o elevador e voltei para casa.

118

QUINZE (B)

Tara

– Tem que ter coragem para se chamar de advogada depois de assinar algo assim. – Ava andou para lá e para cá enquanto lia as seções do meu contrato mais tarde naquele mesmo dia. – Não querendo fazer você se sentir pior, mas nem sei mais se *eu* te contrataria se me metesse em algum problema.

– Ele imprimiu em tinta branca, Ava. *Tinta branca, porra!* – Peguei uma almofada e gritei nela pela enésima vez.

Ava me ignorou e continuou a ler:

– "A funcionária fica em dívida com seu empregador pelo prazo total do contrato, que é de, no mínimo, 7 (sete) anos, a menos que ela venha a morrer. A funcionária concorda que não enviará aviso-prévio de duas semanas ou qualquer outra notificação referente à rescisão solicitada por ela sem a aprovação prévia e por escrito do empregador. A cláusula anterior é nula e sem efeito se a funcionária apresentar o referido aviso no último (sétimo) ano de trabalho."

Joguei um copo do outro lado da sala e abri minha terceira garrafa de vinho da noite. Não conseguia me imaginar trabalhando para Preston nem por mais um ano, que dirá sete.

– "A funcionária concorda em discutir quaisquer questões com seu empregador, pois ela é uma executiva/funcionária de nível C e, ao completar os primeiros 120 (cento e vinte) dias de trabalho, não estará mais sob a jurisdição exclusiva do departamento de recursos humanos."

– Tá bom, chega. Pode me ajudar a fingir minha morte? – perguntei. – Acho que consigo viver como fugitiva por um tempo.

– Não, obrigada. – Ela balançou a cabeça em uma negativa. – Diz aqui que, para cada bônus que você aceitou, mais um ano é acrescentado ao seu contrato. Quantos foram?

Pelo menos vinte.

– Ai, meu Deus! – Levei a almofada ao rosto de novo e gritei mais alto ainda. – Por que isso está acontecendo comigo?

– Também diz aqui que, se ele morrer, seu contrato perde de imediato a validade, então você sempre pode optar pelo caminho do envenenamento ou da alergia. Ele é alérgico a alguma coisa?

– A qualquer grau de decência humana.

Ela riu.

– Bem, tenta falar com ele, talvez. Nunca se sabe. Pode ser que ele te libere do contrato só porque você tem sido uma funcionária exemplar. Quer dizer, tirando tentar fazer que ele te demita, que outra escolha você tem?

– Espera, o que você disse sobre ser demitida?

– A única outra forma de você sair dessa é com ele te demitindo por trabalho incompetente e fraco desempenho.

Sorri.

– Isso eu consigo fazer.

DEZESSEIS

Preston

Eu me sentia traído pra cacete.

Por dois malditos anos, trabalhei com essa mulher e nunca pensei que veria o dia em que ela teria a audácia de me entregar um aviso-prévio de duas semanas. Ela era, de longe, minha funcionária mais bem paga, e seus benefícios mais recentes eram tão exorbitantes e fora do padrão do que qualquer outro CEO da Fortune 500 oferecia, que George me obrigava a fazer exames psiquiátricos três vezes ao ano para garantir que eu soubesse "a que montante ferrado de dinheiro ela estava tendo acesso".

Sabia que tínhamos discussões fervorosas de tempos em tempos – e que boa parte era por causa da tensão acumulada que ela nunca reconhecia, mas me recusava a acreditar que eu era um chefe tão ruim quanto ela fazia parecer.

Também me recusava a acreditar que ela não fosse capaz de enxergar de quanto eu tinha aberto mão por ela. Não havia transado com outra mulher desde que nos conhecemos, porque ninguém se comparava a ela. Eu passava mais tempo com ela do que com as mulheres com quem costumava sair e podia admitir, com honestidade, que ela me conhecia melhor do que ninguém. Tinha certeza de que eu a conhecia melhor do que qualquer outra pessoa também.

– Hum, Preston? – George abanou a mão na minha frente. – Preston?

– Sim?

– Vamos falar de negócios hoje ou vai continuar murmurando sozinho?

– Vamos falar de negócios. Vá em frente.

– Ótimo! – Ele pigarreou. – Então, como sabe, a Parker International pretende abrir hotéis econômicos por algum motivo estranho que o CEO não divulga, mas ele quer começar com a rede dos Von Strum.

– Não precisa falar de mim na terceira pessoa – pedi. – Estou bem aqui.

– A senhorita Lauren sempre insistiu que eu falasse com você na terceira pessoa quando estamos prestes a embarcar em um negócio novo. Pior que já surtiu efeito no passado.

– Não quero ouvir porra nenhuma sobre a *senhorita Lauren* hoje. – Estava furioso. – Estamos entendidos?

Ele piscou, abaixando o papel que segurava.

– Por favor, não me diga que a demitiu. Por favor.

Eu não seria nem louco.

– Não, só estou puto por algo que ela fez recentemente.

– Ah! – Ele deu de ombros. – Bem, ouvi falar de como ela humilhou nossa equipe de marketing de Seattle, mas isso não é motivo para implicar com ela. Ela te economizou muito dinheiro e uma enxurrada de matérias de jornal negativas. Mas, enfim, voltando aos Von Strum. Trata-se de uma rede de hotéis três estrelas que atende a famílias, pessoas que viajam pela estrada, consumidores que procuram um custo-benefício mais baixo e...

– Você acha que eu tenho coração, George? – eu o interrompi.

– Ok, já chega. Acho que está na hora de marcarmos outro exame psiquiátrico. – Ele olhou para o relógio. – Já faz três meses desde o último. Quer que eu pergunte se o doutor pode te atender hoje à noite?

– Responda à pergunta – falei. – Você acha que eu não tenho coração?

– Depende. Cá entre nós?

– Sim.

– Bem, com todo respeito, Preston, sinceramente acho que você é um grandessíssimo filho da puta.

– Não foi o que perguntei.

– Pensei que estávamos falando cá entre nós – disse ele. – Você é, sem dúvida alguma, o CEO mais cruel para quem já trabalhei, e por diversas vezes eu pensei que você não tivesse coração. Pior, acho que o fato de não ter família nem amigos na vida funcionou a seu favor, mas também acho que se configurou como uma desvantagem enorme na forma como lida com as coisas às vezes.

– Você me acha evasivo?

– Pra caramba. – Ele riu. – Trabalho para você há oito anos e ainda não faço a menor ideia de quem você é. – Ele riu mais ainda e se pôs de pé. – Vou pegar um energético, e, quando eu voltar, você vai ser o senhor Parker todo focado em negócios que eu admiro. Não sei como lidar com essa sua outra versão. – Ele me deu um tapinha no ombro ao sair da sala, e minha mente voltou na mesma hora aos pensamentos sobre Tara e aquele maldito aviso-prévio.

Pensei em perguntar a ela como eu poderia ser menos "sem coração" ou menos "evasivo", se isso fosse suficiente para ela se sentir mais confortável em ficar. Isso se eu pudesse dizer a ela que estava disposto ao que quer que fosse para fazê-la se sentir bem com a ideia de continuar na Parker International.

Talvez possamos conversar sobre isso como adultos.

– Boa tarde, senhor Parker. – Tara entrou na minha sala, sorridente. – Aqui está seu almoço.

– Os estagiários são os responsáveis por me trazerem o almoço hoje em dia. Você sabe disso.

– Ah, eu sei – respondeu ela, colocando a bandeja sobre a mesa. – Mas, já que hoje está um dia tão lindo, fiz questão de *eu mesma* trazer sua comida. Espero que goste de tudo, sobretudo do purê de batata.

– Por que ele está verde?

– Não me parece verde.

Está da mesma cor da salada.

– Talvez o chef tenha colocado algo, então. – Ela deu de ombros. – Aqui está o relatório dos Hotéis W que pediu mais cedo. Grifei todas as partes importantes, como solicitado.

Olhei para o papel e vi que ela tinha grifado todos os artigos definidos do documento.

– Mandei seus botões de punho e sua coleção de relógios para um novo joalheiro para serem polidos, mas ele acabou perdendo alguns.

– *COMO É?*

– Ah, não se preocupe – ela respondeu. – Eles ofereceram dar um crédito de vinte dólares para limpeza se não os encontrarem até o fim do dia. O nome da loja é Melhores Negócios de Penhor & Limpeza Barata de Joias, por isso acho que vão fazer um trabalho tão bom com seus itens de alto valor quanto o pessoal da Audemars Piguet e da Phillippe Patek.

– Juro por Deus, se eu não tiver cada um dos meus relógios e botões até o fim do dia...

– Vai me demitir? – Ela sorriu. – *Jura?*

– Eu definitivamente vou... – Parei, entendendo a intenção dela. – Vou ter que considerar todas as minhas opções nesse caso, senhorita Lauren.

Se pensa que vou te demitir por qualquer besteira que não vale um centésimo do meu dinheiro, está redondamente enganada...

– Bom saber. – Ela pegou um garfo e o enterrou no purê de batata. – Tem mais alguma coisa que eu possa fazer hoje, senhor Parker?

Tamborilei os dedos na mesa, de repente distraído pelos lábios rosa dela e pelo vestido bege que lhe caía tão bem.

– É só isso por enquanto, senhorita Lauren.

– Vou esperar com paciência pela sua próxima ordem. – Ela me lançou um sorriso lento, um dos raros sabores que eu não era capaz de interpretar direito, e saiu da sala.

Assim que a porta se fechou, peguei meu celular e liguei para Cynthia.

– Sim, senhor Parker?

– Pode pedir a algum dos estagiários que traga meu almoço? De preferência algo que não tenha purê de batata verde?

– Hum...

– "Hum"? Com isso você quer dizer "sim, agora mesmo"?

– Não, senhor. Quero dizer que não será possível. A senhorita Lauren deu o dia e o resto da semana de folga para todos os estagiários.

Ela disse que assim você conseguiria concentrar toda a sua energia nas pendências dos Von Strum.

COMO É?!

– Ah, entendo. – Senti meu sangue ferver. – Bem, quando puder, pode, por favor, buscar meu pedido naquela cafeteria de que gosto?

– Hum, bem... – Ela pigarreou. – A senhorita Lauren me deu duas semanas de folga, senhor. Estou voltando para Nova Jersey neste exato momento. Acho que me esqueci de tirar o celular da linha de telefone na minha mesa.

Desliguei.

Ok, srta. Lauren. Vai ser brincadeira de gato e rato então...

DEZESSETE

Tara

Pela primeira vez em dois anos, dei-me o luxo de dormir até mais tarde.

Rolando na cama, olhei para o relógio e vi que eram só nove horas. Peguei meu celular na cabeceira e notei que minha caixa de mensagens estava cheia e que meus e-mails não lidos totalizavam trezentos e sete. Por hábito, fiquei tentada a começar a responder tudo, ligar para o motorista e pedir a ele que me levasse às pressas para o trabalho, para que eu salvasse o resto do dia, mas, em vez disso, só desliguei o celular.

Se Preston não tinha me demitido pelos cinco relógios "perdidos" da Audemars Piguet, sem dúvida me demitiria por não dar as caras em uma das reuniões de estratégia mais importantes do ano. Coloquei o alarme para o meio-dia e me aconcheguei de novo na cama, voltando a dormir.

Depois, naquela tarde, caminhei pelo Central Park antes de ligar para o meu motorista e pedir a ele que me buscasse na banca da floricultura.

— Está tudo bem, senhorita Lauren? — Ele desceu do carro e abriu a porta para mim. — Todo mundo no escritório achou que tivesse acontecido alguma coisa com você, e não consegui ligar para o seu celular.

— Está tudo perfeito. Só decidi me dar o dia de folga.

— De folga? — Ele me olhou como se eu estivesse falando outra língua. — Tem certeza de que está se sentindo bem?

— Tenho toda a certeza. — Ri e entrei no banco de trás. — Pode apostar.

Enquanto ele dirigia, liguei meu celular e vi que minha caixa de entrada agora tinha mais de quinhentos novos e-mails, e a primeira página era toda ocupada por mensagens de Preston.

Assunto: Você está uma hora atrasada

Assunto: A reunião de preparativos para os Von Strum é hoje

Assunto: Por que ainda faltam cinco relógios?

Assunto: Agora você está duas horas atrasada...

Dando de ombros, desliguei o celular de novo.

– Podemos parar na Sweet Seasons para pegar um café antes? – perguntei.

– É claro. – Os olhos dele encontraram os meus no retrovisor. – Bem pensado, senhorita Lauren. O senhor Parker é sempre mais compreensivo com um café na mão.

O café não é para ele, é para mim.

Usei o cartão preto de Preston na loja, pagando o café de cada cliente no estabelecimento em nome dele, e depois comprei dez cestas de presente que custam oitenta dólares cada, por motivo nenhum.

Quando cheguei ao escritório, a recepcionista principal se levantou da mesa.

– Senhorita Lauren?

– Sim?

Ela veio até mim e arregalou os olhos.

– Senhorita Lauren, tem noção de que está usando calças de moletom e uma camiseta regata? A senhorita sabe como o senhor Parker é sobre o código de vestimenta aqui. Quer que eu ligue para o seu contato na Nordstrom para ver se ela consegue te trazer um terno rapidinho?

– Não, tudo bem. Aposto que o senhor Parker não vai se importar por eu estar assim hoje.

Ela engoliu em seco e se afastou. Sua cara passava a impressão de que era ela a usar um moletom, não eu.

Eu lhe dei um último sorriso e fui até os elevadores, percebendo os olhares silenciosos de todos no saguão. Segurei uma risada e apertei o botão para o último andar.

Descendo do elevador segundos depois, passei meu cartão no painel de acesso e me encaminhei para o meu lado do andar.

– Bom dia, George. – Eu o vi sentado no corredor. – Como estamos até agora?

– *Bom dia*, senhorita Lauren. – Ele olhou para o relógio. – São quatro horas da tarde.

– Ah, não percebi. Bem, espero que tenha tido um dia produtivo hoje, então.

– Provavelmente teria sido mais se estivesse aqui. – Ele olhou para a minha roupa e balançou a cabeça. – O senhor Parker quer ver você. Sugiro que troque de roupa antes.

– Não, obrigada. – Sorri e fui para a sala de Preston.

Quando entrei, vi que ele estava próximo às janelas, usando o terno cinza-escuro e a gravata de um prateado cromado que eu amava ver nele. Estava passando as mãos pelo cabelo recém-cortado e, por uma fração de segundo, quase esqueci por que o odiava tanto.

– George disse que queria me ver? – perguntei, e ele imediatamente se virou, excitando-me no mesmo instante em que seus olhos encontraram os meus. – Me desculpe por ter me atrasado quatro horas para a reunião de hoje – falei com bastante rapidez, antes que ele pudesse responder. – Perdi algo importante?

– De jeito algum, senhorita Lauren. – Ele olhou para a minha roupa e se aproximou de mim, e aquele sorriso familiar demais surgiu em seus lábios. – Quando percebi que não chegaria no horário, pedi a todos que começássemos quando você decidisse aparecer.

– Então talvez eu não devesse ter vindo.

– Talvez. – Ele chegou mais perto ainda. – Mas, como eu te disse antes, você é incapaz de praticar o ócio durante o dia.

– Essa é provavelmente a única coisa que você sabe sobre mim.

– Também sei que nunca transaram direito com você – falou ele. – Mas essa é uma história para outro dia. – Ele não desgrudou os olhos de mim ao tirar o celular do bolso e levá-lo ao ouvido. – Senhora Vaughn, a senhorita Lauren enfim decidiu chegar e está usando exatamente o que eu esperava. Pode, por favor, subir com as roupas que pedi hoje de manhã para que ela vista algo mais apropriado para a reunião remarcada?

Senti meu queixo caindo e mordi o lábio para manter a boca fechada.

– Agradeço sua assistência nesse quesito, senhora Vaughn. – Ele encerrou a ligação e colocou o celular de volta no bolso. – Pode levar o tempo que precisar para se arrumar, senhorita Lauren. Graças a você, nenhum funcionário dos níveis B e C pode sair deste prédio até que a reunião tenha terminado, portanto fica a seu critério quando as pessoas vão poder voltar para casa e aproveitar o resto do dia, ou se vão ser peões nesse jogo que está tentando jogar com seu chefe muito mais habilidoso.

Filho da puta...

Fiquei parada, encarando-o – e odiando que meus mamilos estivessem se enrijecendo sob a camiseta.

– Quer ajuda para se vestir? – perguntou ele, olhando para baixo e percebendo minha reação a ele. Com gentileza, Preston cutucou a alça da minha regata. – Não teria problema nenhum em te ajudar a tirar isso.

Vergonhosamente molhada, afastei-me e saí com pressa da sala.

Esta rodada ele tinha ganhado, sem dúvida. Mas com certeza eu ganharia a próxima.

Na manhã seguinte, reclinei-me na cadeira da minha sala – ignorando toda vez que Preston me ligava.

Depois de dez rejeições, uma seguida da outra, ele veio ao meu escritório e estreitou os olhos para mim.

– Posso ajudar com alguma coisa, *Preston*?

– Preston? – Ele arqueou uma das sobrancelhas.

– Ah, sim. É para eu te chamar de "senhor Parker" se estivermos na empresa?

– De preferência, já que nenhum outro funcionário executivo tem a liberdade de fazer o contrário.

– Ok. Bem, vou tentar me lembrar disso da próxima vez, *Preston*. – Dei de ombros. – Como posso ajudá-lo nesta manhã?

– Já está de tarde, cacete.

– Ai, é? – Sorri e girei na cadeira, olhando para o relógio. – Poxa, *de fato* são duas da tarde, né? Nossa, como o tempo tem passado depressa ultimamente.

– *Senhorita Lauren...*

– Sim? – Girei de volta para encará-lo. – Você estava dizendo que precisa de mim para alguma coisa?

– Para começo de conversa, já que deu folga sem autorização para os estagiários e estava mais do que atrasada mais uma vez, pode ir pessoalmente à Sweet Seasons trazer meu café para a tarde.

– Acho que não. Você não precisa mais do café da Sweet Seasons – falei, ficando de pé e indo até meu armário de bebidas. – Tenho algo ainda melhor e mais rápido para você. – Arrastei a cafeteira pequena que nunca tive a chance de usar e podia literalmente senti-lo enlouquecendo enquanto eu a colocava na tomada. – Leva uns dois minutos para esquentar, e o café geralmente sai apenas alguns segundos depois – expliquei, abrindo um pacote de cápsulas de café colombiano barato. – E sei como você é exigente com a calda de chocolate no fundo do copo que a Sweet Seasons usa, então... – Desembrulhei uma gota de chocolate da Hershey's e a coloquei em um copo de papel. – *Prontinho.*

Coloquei a xícara no suporte para aquecer e liguei o aparelho.

– Agora que está a segundos de tomar um café "quase" colombiano, o que mais precisa que eu faça para você?

A veia em seu pescoço inchou, mas ele manteve uma expressão estoica.

– *Depois* de ir à Sweet Seasons e comprar meu café favorito, a próxima coisa que vai fazer é...

– Não concordei em fazer a primeira coisa.

– Sei muito bem que vai fazer, sim. – Ele me encarou. – O que vai fazer depois é me trazer o relatório dos dez melhores hotéis econômicos em que tem trabalhado nos últimos quatro meses para fazermos os cálculos.

– Larguei esse relatório há um tempinho – falei. – Mas ficarei feliz em te mandar os dez por cento que fiz. Aposto que você consegue completar os outros noventa por cento por conta própria. Você é o

CEO desta empresa, afinal. Colocar as mãos na massa por alguns dias não te mataria.

Ele respirou lentamente, parecendo prestes a me mandar o "Você está demitida, caralho" que eu merecia, mas não falou nada. Em vez disso, afastou-se e sorriu.

Esperei que ele tivesse a última palavra, que me fizesse mais um comentário amargo antes de ir embora, mas isso não aconteceu.

– Aproveite o resto do seu dia, senhorita Lauren – disse ele. – Foi bom conhecer sua percepção sobre esses assuntos. – Ele saiu do meu escritório sem dizer mais nem uma palavra, sem olhar para trás nem sorrir. Nada.

Confusa, fui até minha mesa e folheei minhas anotações intituladas "Maneiras de fazer com que ele me demita". O café era a coisa mais absurda da lista, e não completar meu trabalho era a segunda.

Esse não era o comportamento habitual dele, e eu não sabia ao certo qual seria minha próxima medida.

Esperei duas longas horas antes de imprimir o relatório (eu tinha mesmo me esforçado bastante nele), mas não ia sair para buscar o café. Fui até sua sala e o encontrei atrás da mesa, bebendo um gole de um copo da Sweet Seasons.

Ele olhou para mim quando estava a meio caminho de me aproximar de sua mesa.

– Estava prestes a ligar e te dar as boas notícias, senhorita Lauren.

– Vou ser demitida?

– Eu disse boas notícias, não coisas que nunca vão acontecer. – Ele deu outro gole no copo. – Acabei de sair de uma ligação com a CEO da Sweet Seasons. Estava dizendo a ela quanto gosto do café deles e como uma determinada funcionária minha gastou um valor de mais de *seis dígitos* lá nos últimos dois anos.

– Você tem dinheiro para isso...

– Sim, definitivamente tenho. Não tenho? – Ele sorriu. – E foi por isso que os convenci a fechar o primeiro acordo de licenciamento deles. Vão construir a primeira loja empresarial bem aqui no meu prédio.

Balancei a cabeça.

– Ficaram tão impressionados com a quantia que ofereci – disse ele, continuando –, que vão abrir um pequeno estande por algumas horas todos os dias enquanto a loja oficial é construída. – Ele estreitou os olhos para mim. – Assim, você pode apenas pegar o elevador para buscar meu café quando eu pedir, e não vou precisar ouvir você colocando a culpa por estar atrasada nessas saídas para comprar meu café e no trânsito. – Mordi o lábio para me impedir de gritar e considerei sair do escritório dele. – Enfim – disse Preston, dando outro gole dramático naquele maldito café –, posso te ajudar em alguma coisa?

– Infelizmente. Aqui está o relatório que você queria. – Eu levantei o documento, mas ele não fez menção alguma de pegá-lo.

– Já estou com seu relatório. – Ele sorriu, pegando uma pilha de papéis. – Não me pareceu nada que você parou de trabalhar nele. Inclusive, parece tê-lo atualizado ontem à noite mesmo. Estou muito impressionado com algumas das mudanças. Está até organizado por cores, como eu gosto.

– Como conseguiu meu relatório, senhor Parker?

– *Senhor Parker?* – Ele olhou para mim de cima a baixo. – Voltei a ser seu chefe agora?

– Como conseguiu meu relatório?

– Deixou na nuvem, no servidor da empresa que é de minha propriedade, então só loguei nela.

– Você chamou o departamento técnico para hackear minha conta? – Cruzei os braços. – E ainda assim se pergunta por que quero me demitir?

– Não, eu estava *planejando* chamar o departamento técnico para hackear sua conta, mas não demorei quase nada para adivinhar sua senha. – Ele sorriu. – Particularmente, achei que teria pensado em algo bem mais criativo do que *meuchefemedeixaputa*, mas, se essa for uma fantasia para cuja realização queira minha ajuda, ficarei mais do que feliz em colocar você sobre esta mesa agora mesmo.

Ignorei a umidade entre minhas coxas e fui embora, batendo a porta ao sair.

DEZESSETE (B)

Tara

Duas semanas depois

  Esse babaca não vai mesmo me demitir nem me liberar do contrato.

Joguei-me na poltrona da minha sala, balançando a cabeça para a lista completa de maneiras de como fazer Preston me demitir. Não importava o que eu tentasse fazer, ele não se permitia ficar bravo demais e estava sempre dez passos à minha frente, para ser sincera. Também tinha a audácia de parecer o pecado em pessoa a cada dia que passava, e, embora eu quisesse negar, a tensão sexual entre nós dois agora era tão densa e palpável que eu tinha certeza de que todo mundo no escritório sentia.

Para piorar a situação, agora que a Sweet Seasons ia se estabelecer no subsolo, cada funcionário pelo qual eu passava não deixava de me parar para dizer que estavam "gratos" por eu ter sugerido a ideia ao sr. Parker. Eu queria corrigi-los, dizer que tinha sido uma jogada ardilosa *dele*, mas parte do contrato de licenciamento estipulava que os copos deveriam vir com as palavras *Cortesia de Tara Lauren, assistente executiva de Preston Parker* impressas do lado. Não havia meio de tentar explicar para ninguém.

Peguei minhas anotações para uma apresentação de proposta e grunhi. Uma parte de mim queria dar o bolo e ir para casa, mas outra parte queria mesmo ajudá-lo a fechar o negócio a que ele aspirava desde que nos conhecemos.

Vou quando me der vontade...

Olhei para o meu contrato de funcionária pela enésima vez, relendo as linhas que tinha deixado passar durante esses anos, torcendo para encontrar uma brecha.

— Não tem brecha nenhuma. — A voz grave de Preston me fez levantar a cabeça. — Se vai ser a que mais vai falar na nossa reunião deste fim de semana em Londres, sugiro que suba para a sua apresentação de projeto.

Olhei mais uma vez para o meu contrato, terminando um parágrafo antes de ficar de pé.

— Sabe, se eu fosse um CEO e tivesse uma funcionária que me odiasse, eu a demitiria.

— Senhorita Lauren, se eu fizesse isso, não me sobraria funcionário nenhum.

— Você não vai me perguntar por que quero me demitir depois desse tempo todo? Não tem interesse nas minhas razões?

— Você *não pode* se demitir, então seus motivos são irrelevantes.

— Você nunca disse a palavra "obrigado" para mim, *nunca*. — Cheguei mais perto dele. — Nem uma vezinha.

— Nem você.

— O quê? — Estreitei os olhos para ele. — Acha que eu deveria te agradecer? Pelo quê?

— Por não prestar queixas por todos os cafés da manhã que me roubou, por deixar de lado a ideia de alegar fraude de crédito por todo o café gratuito que pagou para as pessoas na Sweet Seasons pelas minhas costas. — Ele semicerrou os olhos para mim também. — Por te contratar quando você não tinha experiência nenhuma em hotelaria. Eu tinha uma pasta no armário cheia de candidatos qualificados.

— Que já devem ter passado por aqui e pedido demissão, já que você é um chefe babaca.

— Ainda não terminei de enumerar tudo que já fiz por você.

— Acha mesmo que tem mais coisas?

— Você tem o salário mais alto, os maiores benefícios...

— As maiores dores de cabeça, as piores insônias, o nível de estresse mais alto. — Cerrei os dentes. — Então, sim, você está certo. Obrigada.

Valeu mesmo. – Revirei os olhos e me afastei dele, fingindo não escutar quando ele me pediu para voltar. Fui direto para a sala de conferência, pronta para acabar de vez com essa apresentação de projeto para que, pelo menos, pudesse aproveitar a noite em minha cama antes de ser confinada em mais uma viagem de negócios indesejada com ele.

Assumi minha posição à frente da mesa de reuniões de vinte lugares lotada, esperando Preston chegar e ignorando o fato de o rosto dele estar tão vermelho.

Eu estava mais do que preparada para o comportamento grosseiro dele, já que apresentações de projetos eram sempre excruciantes. Ninguém falava, exceto a pessoa que estivesse apresentando e ele, e seu feedback costumava ser severo, para dizer o mínimo.

– Bom dia, pessoal – comecei a falar assim que ele se sentou. – Meu nome é Tara Lauren e estou muito feliz por estar aqui. Sou a assistente executiva do senhor Parker e a líder de projeto nessas negociações em potencial.

– Acho que você devia começar direto com o fato de ser a líder do projeto – Preston me interrompeu, encarando-me com frieza. – Já que não está de fato feliz por estar aqui e que acabou de me dizer que não está feliz sendo minha assistente executiva.

– Com todo o respeito, senhor Parker, não foi isso que eu disse.

– Foi o que *escreveu*.

Fechei os punhos ao lado do corpo e pigarreei.

Não deixe ele te afetar. Não deixe ele te afetar.

– Bom dia, pessoal. – Dei um sorriso falso. – Meu nome é Tara Lauren e sou a líder de projeto nessas negociações em potencial. É uma honra estar aqui.

– Se fosse uma honra, você não estaria querendo se demitir – murmurou Preston, baixinho.

– Eu gostaria de começar minha apresentação dizendo ao senhor Von Strum e à sua empresa por que vocês deveriam considerar a venda para nós. – Cliquei em um controle, e a tela atrás de mim se acendeu com minha apresentação do PowerPoint. – Embora nossas marcas sejam bem diferentes, acredito que conseguiremos chegar a uma ótima solução para lidar com a fusão. – Mudei o slide. – Então, em primeiro lugar, gostaria de discutir nossas diferenças.

– Já conhecemos bem *nossas diferenças*, senhorita Lauren. – Preston se reclinou na poltrona. – Que tal a senhorita começar com as soluções para que, enfim, possamos resolvê-las?

– Não acho que possamos resolver nossas diferenças.

– Como é?

Dei um gole longo na minha água.

– Peço desculpas. – Cliquei para o próximo slide. – Gostaria de começar com a integração de funcionários.

– Não, comece com a integração financeira.

Resisti à vontade de gritar e avancei os slides para essa parte da apresentação.

– Integração financeira. Montamos uma equipe de contadores de uma firma independente para supervisionar nossos planos, e, quando essa etapa estiver completa ...

– Já está completa, senhorita Lauren. – Eu nunca o tinha visto tão furioso assim. – É por isso que está fazendo esta apresentação. Se bem que, pelo andar da carruagem, talvez seja necessário contratarmos uma atriz para interpretar o seu papel.

– Por mim tudo bem, contanto que também contratemos alguém que saiba calar a porra da boca para interpretar o seu.

Um arquejo coletivo preencheu a sala, e alguém derrubou um copo, que se espatifou no chão com um estilhaçar, quebrando o silêncio repentino.

Preston piscou, depois se inclinou para a frente na poltrona.

– O que foi que disse para mim, senhorita Lauren? – A voz dele estava tensa.

Não respondi. Eu mesma estava embasbacada por ter dito aquelas palavras em voz alta. Na frente de todo mundo.

– Preciso que todos, exceto a senhorita Lauren, saiam desta sala. – Ele me encarou. – *Agora.*

Todo mundo voou porta afora, fazendo seus papéis e copos balançarem com a movimentação.

Fiquei plantada no lugar, sentindo o peso do olhar de Preston enquanto ele se levantava. Ele foi até a porta e a trancou, depois se aproximou de mim lentamente.

– O que foi que me disse? – Ele tirou os papéis da minha mão e os colocou na mesa. – Preciso que repita para mim.

Engoli em seco.

– Não me lembro de ter gaguejado.

Ele arqueou uma das sobrancelhas.

– Pelo seu próprio bem, seria muito melhor que tivesse.

– Considerando que não posso pedir demissão e que claramente você não vai me demitir, não vejo por quê. – Afastei-me, e ele me seguiu. Em segundos, eu estava contra a parede. – Acho que a única coisa pela qual você está irritado é eu ter sido grosseira com você na frente da sua equipe executiva.

– Estou irritado com muitas coisas – falou ele, tensionando o maxilar. – E não vou mais tolerá-las.

– Então aceite meu aviso-prévio.

– Senhorita Lauren – disse ele, falando lentamente e ignorando meu comentário –, vou te dar uma última chance de refazer essa apresentação hoje, e, quando fizer isso...

– Eu vou fazer a mesma coisa, da mesma forma, se me interromper de novo.

– Eu *vou* te interromper de novo, principalmente se continuar com essa pose de assistente ingrata com quem não fui nada além de generoso pelos últimos dois anos. Uma assistente ingrata que odeia tanto o próprio emprego e, ainda assim, aparece para trabalhar todos os dias.

– Ela é legalmente obrigada.

Mas não *pessoalmente* obrigada.

Antes que eu pudesse dizer outra palavra, os lábios dele encontraram os meus com força, e meus braços se enrolaram em seu pescoço. Ele abaixou as mãos para as minhas coxas e me ergueu, levando-me até a mesa de conferência. Minha bunda tocou a superfície gelada quando ele me colocou sentada ali, sem abandonar meus lábios.

Nosso beijo foi selvagem e frenético, apaixonado e imprudente. Enquanto as mãos dele levantavam meu vestido, comecei a soltar sua gravata. Tentei desabotoar sua camisa depois, mas ele me fez deitar sobre a mesa, deixando minhas costas pressionadas contra o vidro, de modo que ficasse de pé no meio das minhas pernas.

Ele inclinou-se para tomar posse da minha boca de novo; sua língua dançou em círculos contra a minha. Ele deslizou as mãos pela minha barriga, passando os dedos de modo provocante por minha calcinha.

– Eu preferiria que você não usasse mais isso. – Ele a arrancou e enfiou dois dedos em mim.

– Ahhh... – gemi quando os enfiou mais fundo, lentamente brincando com o meu prazer e testando meus limites.

– Você me odeia pra caralho, é? – sussurrou ele.

– Aham... – Minha voz estava rouca. – *Sim*.

– Tem certeza?

– Cem por cento.

Ele tirou os dedos de dentro de mim e mordeu meu lábio inferior. Com força.

Sem parar de me encarar, abriu minhas pernas com as mãos, prendendo minhas coxas à mesa.

– Quero que me diga quanto você me odeia depois que eu terminar de te chupar. – Ele enfiou o rosto contra a minha boceta, sua língua brincando com meu clitóris.

Joguei meus quadris mais ainda em direção à sua boca quando ele começou a mexer a língua mais rápido. Eu não seria capaz de segurar os gemidos, nem que tentasse.

Segurei o cabelo dele, puxando as mechas, em estado de extrema surpresa e prazer. Sussurrei para que fosse mais devagar, mas a língua dele só se mexeu mais rápido ainda. Sugando meu clitóris entre os lábios, ele girou a língua em um movimento constante e sensual, que me fez curvar os dedos dos pés.

Grunhindo, beijou minha boceta como se beijasse minha boca, dominando cada movimento e devorando meus lábios sem se conter.

– Aiii. Ai, caralho... – Minhas costas se arquearam, levantando-me do vidro, e minha boceta pulsou na boca de Preston. – Por favor... Devagar... Devagar...

Ele se recusou. Em vez disso, enfiou dois dedos em mim de novo – deixando-me ainda mais louca com esses dois ritmos diferentes.

Meu clitóris inchou nos lábios dele, e tentei lutar contra os tremores que cresciam dentro de mim, mas não adiantou. Enquanto ele continuava com os beijos, a força dos tremores triplicou, e não consegui mais me segurar.

Gritei bem alto quando meu corpo foi tomado por um orgasmo após o outro.

– *Merda...*

Achei que ele fosse parar, que fosse me dar a chance de me recuperar, mas ele levantou minha perna direita e a colocou em cima de seu ombro. Depois, agachou-se de novo, devorando-me mais uma vez.

Ouvi uma batida leve à porta, em meio ao êxtase, mas Preston continuou chupando meu clitóris, protestando para que eu me calasse entre uma respiração e outra.

A batida veio mais alta da vez seguinte, acompanhada com um grave:

– É importante, senhor Parker.

– Só um segundo. – Ele tirou a boca do meu clitóris, encarando-me como antes. Afastando-se, ajudou-me a descer da mesa, ajeitou meu vestido e passou a mão pelo meu cabelo antes de se arrumar também.

Lançando um olhar para mim uma última vez, foi até a porta e a abriu.

– Sim? – perguntou.

– Senhor Parker, há uma ligação de emergência. Eu pedi duas vezes que esperassem, mas disseram que não é possível.

– Já vou. – Ele fechou a porta de novo e veio até mim, colocando alguns fios de cabelo rebeldes no lugar.

– Precisamos terminar isso – disse ele, passando a ponta do dedo pelo meu peito. – Fique aqui.

Esperei uma hora inteira, e ele não voltou. Só mandou um e-mail.

Assunto: Viagem para Londres
Senhorita Lauren,

Infelizmente, houve um imprevisto. Você vai precisar viajar sem mim.
Sua performance foi magnífica. (Enquanto eu estava no meio das suas pernas, quer dizer. A da apresentação para o acordo vai precisar ser melhorada.)

Preston Parker
CEO e proprietário da Parker International

DEZOITO

Preston

Corri para o meu escritório e quase dei meia-volta quando vi as cadeiras ocupadas na frente da minha mesa. Eram o sr. e a sra. Von Strum, que, como esperado, em vez de ficarem em Londres para me encontrar, decidiram fazer joguinhos e me encontrar aqui.

Sabia que não tinha emergência porra nenhuma.

Considerei chamar Tara aqui. Ela era muito melhor lidando com os joguinhos mentais dos outros sem perder a compostura. Em contrapartida, quanto mais cedo eu acabasse com aquilo, mais rapidamente voltaria a ela na sala de conferências.

– Boa tarde. – Reprimi um grunhido ao me sentar atrás da mesa. – Qual é a emergência?

– Queríamos avisar que, independentemente da reunião em Londres que temos alinhada para o fim de semana, ainda não estamos convencidos desse negócio – disse o sr. Von Strum.

– Não tem telefone em Londres? – perguntei. – Vocês podiam ter ligado.

– Preferimos uma abordagem pessoal – falou ele. – Só não sabemos se você é o cara certo para entregarmos nossa marca.

– E posso saber por quê?

– Porque você é um babaca sem coração – sibilou a esposa dele. – Se abrirmos seu peito agora, aposto que encontraremos uma carteira em vez de um coração.

– Acha que ela seria da Armani ou da Gucci?

Ela estreitou os olhos para mim, e o marido pegou na sua mão.

– Só queremos garantir que não vá transformar nossa marca em uma rede estendida de resorts chamativos e caríssimos.

– Vou transformar sua marca barata e focada em famílias em um resort cinco estrelas luxuoso, com cortesias que caibam no bolso. E não tem nada de chamativo e caríssimo sobre os meus hotéis.

– Você cobra doze dólares pela garrafinha d'água nos quartos de hóspedes.

– Porque são importadas de Fuji. – Tensionei o maxilar. – Essa merda é cara.

– Sim, bem... – O sr. Von Strum tirou os óculos de leitura. – Nunca notei uma diferença substancial no gosto. Todas as águas de garrafinha são a mesma coisa para mim. Ainda assim, se um dia de fato chegarmos às vias finais da negociação com você, queremos que mantenha toda a nossa equipe de funcionários e que eles não percam os pacotes de benefícios. Também queremos...

Deixei a voz dele entrar por um ouvido e sair pelo outro. Passei dois anos correndo atrás desse homem e ainda estava no mesmo ponto de quando comecei. A intrusão dele me forçou à mesma posição em que estava também no primeiro dia com Tara.

Quando voltei a ouvir a conversa, travando uma guerra contra ele mentalmente por ter interrompido minha sessão com Tara, ele citava alguma espécie de filosofia pessoal.

– O que está tentando dizer, senhor Von Strum? – Queria pegar o elevador de novo e descer o mais rápido possível. – Vá direto ao ponto.

– Quero mais tempo para considerar sua oferta e considerar outros compradores. Veremos se algum dos nossos parentes quer a chance de assumir os negócios.

– Tudo bem, então – falei, estendendo a mão. – Essa tal reunião de emergência está concluída.

– Graças a Deus – zombou a esposa dele, rejeitando minha mão. – E, só para deixar claro, prefiro conversar com a senhorita Lauren daqui pra frente.

– As respostas dela serão as mesmas que as minhas.

– Não importa – respondeu o sr. Von Strum, ignorando meu cumprimento também. – Ela é muito mais humana do que um dia você conseguirá ser. Perdoe meu linguajar, mas aposto que seus pais não estão tão orgulhosos do babaca que você se tornou.

– Meus pais morreram, mas tenho certeza de que estão olhando aqui para baixo agora, sentindo-se orgulhosos do babaca que me tornei.

Ele me lançou um olhar de compaixão, parecendo prestes a se desculpar, mas a esposa o puxou da sala.

– George – falei, olhando para ele –, essa reunião foi a definição perfeita de "isto não é uma emergência". Você mesmo poderia ter lidado com isso.

– Eles apareceram segundos depois de eu ter te ligado – falou ele, indo em direção à porta. – A emergência está na linha um. A pessoa diz que é uma questão familiar.

Confuso, esperei até que ele fechasse a porta e peguei o celular.

– Aqui é Preston Parker. É melhor que isso seja realmente importante.

– É, sim, senhor – disse uma voz grave. – Mas preciso dizer ao senhor que é uma ligação que estou odiando fazer.

– E, ainda assim, aqui estamos nós.

– Aconteceu um acidente hoje de manhã na ponte Triborough, senhor. Seu irmão, Weston Parker, faleceu.

Silêncio.

Não sabia ao certo o que dizer. Peguei meu celular e digitei "ponte Triborough manhã acidente carro" no buscador, e uma página cheia de resultados apareceu. Não consegui clicar em nenhum deles.

– A noiva dele também morreu no acidente – falou ele. – O senhor por acaso teria informações de contatos dela?

Eu nem sabia que ele tinha uma noiva.

– Não.

– Bem, sei que vocês dois provavelmente eram muito próximos...

– Não éramos – interrompi. – Não éramos nada próximos.

– Ah. Bem, hum, seu irmão era muito meticuloso sobre manter o testamento atualizado, e, como representante dos bens dele, preciso que o senhor me encontre no Rosy-Gan Bar & Café no fim da rua da sede de sua empresa. Ele deixou ao senhor algo significativo.

Encerrei a ligação sem dizer mais nada. Continuei parado e entorpecido, sem saber como me sentir.

Meu irmão e eu não nos falávamos há mais de uma década, e, mesmo quando conversávamos, era só por causa dos nossos pais. A única coisa que tínhamos em comum era a aparência idêntica, já que, sinceramente, nunca nos demos muito bem. Aquele negócio de "Ah, eles são gêmeos! Vão superar essa inimizade uma hora ou outra e acabar sendo grandes amigos" nunca aconteceu, e tudo o que tínhamos de prova do nosso relacionamento eram fotos antigas ensaiadas em ocasiões relevantes.

Eu olhava para elas de tempos em tempos, sentindo vontade de entrar em contato, mas nunca chegava às vias de fato. O nome dele nunca surgia na minha lista de chamadas, tampouco.

Falhamos em estabelecer conexão durante os primeiros anos da faculdade e, quando nossos pais faleceram, pouco depois da formatura, passamos a nos ligar apenas em feriados. Depois de um tempo, paramos com as ligações.

Nunca admiti, mas ainda procurava saber dele pela mídia e por todas as revistas de hotéis econômicos, mas era só.

Imerso na indecisão, mandei um e-mail rápido a Tara e fui ao Rosy-Gan Bar & Café.

Cheguei ao café minutos depois, caminhando resoluto para o homem de terno cinza.

– Sou Preston Parker – falei. – Foi com você que conversei ao telefone?

– Sim, sou o senhor Harris. – Ele estendeu a mão, mas não o cumprimentei. – Sente-se, senhor Parker.

Não me mexi.

– Tudo bem, então – falou ele, puxando o teclado. – Tenho algumas coisas que preciso que o senhor assine antes que eu informe o que seu irmão lhe deixou.

– Não deveríamos estar discutindo o velório?

– Não, senhor, seu irmão foi bem claro no testamento sobre não querer velório algum.

Ele me entregou um contrato de aceite padrão, e dei uma olhada no parágrafo único antes de assinar meu nome.

– Nos próximos dias, alguém da minha firma vai entrar em contato com o senhor para discutir o procedimento a ser feito com o corpo (ele pediu para ser cremado), entre outras questões legais, já que o senhor é o parente mais próximo. Precisaremos examinar todos os negócios dele e demais contratos por um tempo antes que outras coisas se concretizem por completo. A propósito, eles têm um café especial aqui chamado Concreto. Quer experimentar?

Eu o encarei.

– Certo. – Ele pigarreou e tirou um papel de um envelope. – Vou só ler as palavras dele, passar o que ele lhe deixou e o senhor estará livre.

– Quanto antes, melhor.

– "Caso algo venha a acontecer comigo, este recado é para o último membro vivo da minha família mais próxima. Meu irmão babaca".

Sorri. Eu tinha escrito a mesma coisa no meu testamento sobre ele.

– "Preston, quero que saiba que sempre entendi por que você se afastou de mim depois de a mãe e o pai terem falecido. Você nunca foi bom em expressar emoções ou lidar com o luto, e não acho que um dia na sua vida tenha dado valor à família ou a amigos. Você nunca conseguiu priorizá-los... e sei que sempre fomos completos opostos, desde que nascemos, mas sempre te amei e sempre torci pelo seu sucesso."

– É só isso? – perguntei. – Ele me deixou o *parecer* dele?

– Não. – O homem balançou a cabeça e continuou lendo: – "Deixo a você uma carta pessoal com palavras que gostaria de ter dito antes e minha Violet". – O homem pegou um chaveiro felpudo rosa e marrom com as palavras "Minha Violet".

– Essa era a maior posse dele? – perguntei, pegando o chaveiro.

– Pode ter certeza de que vou guardar em segurança. Mas, pensando melhor, não tem mais ninguém com quem ele talvez quisesse compartilhar isso?

– Teria sido a noiva dele, senhor. – Ele olhou para baixo. – Ela não tem nenhum parente vivo.

Reprimi um suspiro. Meu irmão sempre foi mais pirracento do que eu, mas isso era jogar baixo. Mesmo para ele.

– Agradeço por ter me feito vir até aqui por um chaveiro. – Olhei para o relógio, sentindo uma dor no peito nada familiar. – Você me fez perder tempo. – Fiz menção de ir embora, mas ele apareceu na minha frente.

– Não tão rápido, senhor Parker. Violet não é um chaveiro.

– Então por que o entregou a mim?

Ele suspirou e segurou o contrato assinado.

– Você leu as letras miúdas?

– Sempre. – Olhei de novo. – "Concordo em lidar com todos os assuntos necessários, aceitar quaisquer presentes e heranças, e, como parente mais próximo, concordo em cuidar de todos os herdeiros que a Propriedade Weston Parker, aqui denominada Propriedade W, deixar para trás." – Dei de ombros. – Meu irmão não teve filhos.

Ele arregalou os olhos.

– Vocês não eram próximos *mesmo*, hein?

Antes que eu pudesse dizer a ele que saísse da minha frente, outro homem de terno cinza entrou na cafeteria de mãos dadas com uma criança que segurava um ursinho de pelúcia.

Olhei para o chaveiro e percebi que ele era uma réplica exata daquele urso. O outro enfeite do chaveiro era uma foto da menininha que estava vindo em minha direção.

Mas que porra é essa? Meu mundo inteiro pareceu parar. *Meu irmão tem uma filha?*

Manter uma noiva em segredo era uma coisa, mas uma filha?

Um latejar tomou conta do meu peito, e eu esperava que isso tudo fosse um pesadelo.

A menininha olhou ao redor, levemente confusa, e, então, seus olhos encontraram os meus. Ela me encarou, e eu a encarei em resposta.

Quanto mais eu olhava para ela, mais percebia como nossos olhos eram iguais. Verde-esmeralda, com nuanças acinzentadas.

– Venha, Violet. – O outro homem de terno a trouxe um pouco mais para perto, depois apontou para mim. – Sabe quem é este homem?

Ela assentiu.

– O gêmeo do papai. Meu tio Preston.

Pisquei, mais do que perplexo por ela saber quem eu era. Em contrapartida, não sei se esse negócio de "tio" me caiu bem.

– Sabe onde seu tio Preston mora?

Ela olhou para mim, depois para o ursinho.

– No meu urso.

– Não, ele mora aqui em Nova York, assim como o seu pai. – Senti uma pontada de culpa. Nem sabia que ele tinha se mudado para cá, achei que ainda estivesse na Califórnia. – Você vai morar com ele por um tempo, está bem? – o homem de terno continuou falando. – Entende o que estou dizendo?

Ela assentiu, e eu neguei com um gesto de cabeça.

– Acho que não – disse. – Não faço a menor ideia de como cuidar de uma criança.

– Então está prestes a aprender – respondeu o sr. Harris, dando-me um tapinha no ombro.

– Certamente deve haver algo mais a ser feito do que só deixar a criança com um estranho em um bar. Onde está o Conselho Tutelar?

– Você é o parente mais próximo, senhor Parker. – Ele baixou o tom de voz. – É o único parente vivo que ela tem. Ela não tem ideia do que aconteceu com os pais, e achamos que sua própria família deveria contar a ela.

– Como é? – A culpa no meu peito logo virou uma dor familiar e um sofrimento que eu conhecia bem demais.

– Meus funcionários vão ligar para os seus nos próximos dias com mais informações sobre os negócios do seu irmão e tudo o que ele deixou para Violet – falou ele, ignorando minha pergunta e dando continuidade a seus assuntos. – Seu contato mais próximo é sua assistente executiva? Uma tal senhorita Tara Lauren?

– Exato.

– O senhor se importaria de pegar o celular e me passar o número e o endereço dela?

– Ela tem três números de telefone e dois endereços principais – eu disse, recitando-os de cor. – Se for uma emergência de verdade e não conseguir entrar em contato com ela, tente ligar para a melhor amiga, Ava Sanders, no número 555-1703.

– Ah, nossa. – Ele sorriu como se não tivesse acabado de colocar meu mundo de cabeça para baixo. – Não decorei nem o número da minha namorada. É impressionante que o senhor saiba todas essas informações sobre seus empregados.

– Eu não sei porra nenhuma sobre crianças. – Olhei para Violet. – Falei sério.

– Meu papai vem? – perguntou Violet. – A mamãe disse que ele me levaria para tomar sorvete se eu me comportasse hoje.

Nós três só olhamos para ela. Ninguém ousou responder.

– Manteremos contato, senhor Parker. – O sr. Harris me deu um tapinha nas costas de novo e me entregou uma pasta enorme que dizia VIOLET ROSE PARKER. – Infelizmente, preciso encontrar uma pessoa de outra propriedade agora, mas sinto muito por sua perda.

O outro homem de terno me lançou um olhar de compaixão e, depois, os dois saíram do bar, deixando-me sozinho com a criança.

Ainda olhando para ela, fiz sinal para o garçom.

– Sim, senhor? – Ele veio para o meu lado.

– Preciso de um uísque. Duplo. Agora.

– Senhor, não podemos te servir álcool enquanto seu bebê estiver no estabelecimento.

– Que bebê? – Ele apontou para Violet. – Você está exagerando. – Suspirei. – Violet, quantos anos você tem?

– Três e meio! – disse ela, orgulhosa.

– Ela tem três e meio, não é um bebê.

– O senhor não pode trazer um bebê para um bar, senhor.

– Eu não a trouxe aqui.

– Regras são regras, senhor. – Ele levantou as mãos como quem quer se livrar de algo e se afastou.

Violet sussurrou algo para o ursinho, depois chegou mais perto de mim.

– Eu e o Urso estamos com fome. Podemos comer pizza?

Não disse nada, completamente atônito pela forma com a qual o dia de hoje tinha se transformado.

Fui de quase transar com Tara na sala de conferências a perder a confiança dos Von Strum e depois me tornei tio. Tudo dentro de uma hora.

– Estou com muita fome, tio Preston. – Violet deu puxõezinhos na minha calça. – E preciso fazer pipi.

Puta que me pariu.

DEZENOVE

Tara

Rolei na cama dentro do jatinho particular de Preston, sem conseguir dormir. Só pensava na forma como ele tinha me dado orgasmos múltiplos, só com a boca, uns dias atrás. Em como eu queria que ele voltasse para a sala e terminasse o que havia começado, como tinha prometido.

Em contrapartida, soube, assim que ele me mandou um e-mail sobre ir a Londres sem ele, que tinha algo muito errado. Ele nunca perdia uma reunião internacional e jamais passara um dia sequer sem entrar em contato comigo, então quatro era um recorde tremendo.

Parte de mim queria ligar e perguntar se ele estava bem, mas eu já havia me dado mal muitas vezes por perguntar sobre a vida pessoal dele. Pior, ainda estava levemente incomodada com algumas das palavras que ele cuspira para mim antes de sua língua habilidosa me fazer esquecê-las.

Não conseguia ficar em paz com o fato de ele ter dito que fizera muitas coisas por mim. Com a exceção dos bônus de trabalho e o desconto no meu apartamento, eu não via dessa forma.

Sentando-me, abri o notebook e reli o e-mail que deveria ter enviado no sábado. Ele tendo ou não uma boca abençoada, eu ainda queria me demitir e não ia parar de tentar. Reli uma última vez e enviei assim que o avião começou a descer.

Assunto: Meu contrato

Sr. Parker,

Espero que esteja bem.

Entendo que foi erro meu não ter lido as "letras miúdas" do meu contrato de vínculo empregatício, mas, ainda assim, gostaria de deixar sua empresa. Eu te dei dois dos meus melhores anos e acho que o mínimo que poderia fazer seria entrar em um acordo comigo e deixar que eu me demita.

Quero discutir isso com o senhor assim que for mais conveniente.

Tara Lauren
Assistente executiva de Preston Parker, CEO da Parker International

Ele respondeu em segundos.

Assunto: Re: Meu contrato

Srta. Lauren,

Não está nada bem.

Sim, foi erro seu não ter lido as letras miúdas do seu contrato de vínculo empregatício, e, em termos legais, não tenho obrigação alguma de entrar em um acordo para a sua demissão.

Dito isso, estou em uma situação emergencial e preciso de sua ajuda.

Se concordar em me ajudar com isso (entre outras coisas), posso te liberar do seu contrato.

Encontre-me no meu apartamento quando chegar.

Preston Parker
CEO e proprietário da Parker International

Reli o e-mail algumas vezes, em choque por ele estar disposto a deixar que eu me demitisse. Desliguei o celular e religuei-o, lendo o e-mail mais uma vez, só para garantir que meus olhos não estavam me enganando.

Não perdi tempo; disse ao motorista particular para me levar com rapidez ao apartamento dele quando desci do avião. Subi o elevador até seu andar, tentando me preparar para o que esperava ser uma emergência de verdade.

Conhecendo bem ele, provavelmente não é.

Bati cinco vezes, esperando uma resposta. Bati de novo, e ele abriu a porta usando calças jeans escuras e uma camiseta preta que abraçava seus músculos nos lugares certos. Ele olhou para o meu vestido curto bege e cinza, e seus lábios se curvaram em um sorriso sexy.

– Você me disse que tinha perdido esse vestido há meses – falou ele.

– Não, disse que não o usaria de novo porque você ficava me encarando quando eu o vestia.

Ele continuou me encarando.

– Entra.

– Antes disso, preciso dizer uma coisa.

– Sou todo ouvidos.

– Quero que saiba que o que aconteceu na sala de conferências não pode acontecer de novo.

– Como é? – Ele arqueou uma das sobrancelhas.

– Sabe do que estou falando – respondi, baixando o tom de voz. – Aquilo não pode se repetir; não vou deixar.

– Está se referindo a todos os erros que cometeu durante sua apresentação de projeto ou ao fato de que estava gritando para que eu não parasse enquanto eu devorava sua boceta? – Ele me olhou de cima a baixo. – Preciso que seja um pouco mais específica sobre o que "aquilo" significa...

– As duas coisas. Significa essas duas coisas.

– Mas isso não faz sentido. – Ele sorriu. – Está dizendo que não gostou de gozar na minha boca?

Corei.

– Não é essa a questão.

– Responda à minha pergunta. – Ele estreitou os olhos para mim. – Não gostou de gozar na minha boca? Três orgasmos não foram o suficiente?

Não respondi.

– Eu preferiria se estivéssemos no escritório, para que eu pudesse te deitar sobre minha mesa e impedir que você se mexesse tanto, mas, já que não está mais interessada nisso... – A voz dele se perdeu com um sorrisinho, e ele abriu um pouco mais a porta, convidando-me a entrar.

Quando me levou à sala de jantar, reparei em uma mancha roxa enorme no sofá branco italiano que ele mais amava.

Por favor, não me diga que me pediu para vir aqui pesquisar maneiras de limpar seu sofá feito sob encomenda para você.

Servindo uma taça de vinho, ele se sentou de frente para mim à mesa, mas sem dizer nada. Só ficou me encarando, excitando-me a cada segundo que passava.

– Isso era mesmo uma emergência? – perguntei. – Ou está tentando me fazer transar com você em troca de me liberar do contrato?

– Nós dois sabemos que eu não tenho que te fazer vir ao meu apartamento para tentar isso, Tara. – Seu sorriso esmaeceu aos poucos e ele pigarreou. – É, sim, uma emergência. Uma nova pessoa, especial, entrou na minha vida – disse ele, enfim. – Foi repentino e inesperado, mas já sinto algo por ela. Sentimentos que não consigo explicar, mas me importo imensamente com essa pessoa. Quero que a nossa relação funcione, já que vai ser um comprometimento de longo prazo da minha parte, mas preciso que a ajude a se ajustar ao meu estilo de vida. – Uma pontada de ciúme atingiu meu peito com tudo. Peguei o vinho e bebi a taça inteira. – Preciso que me ajude a planejar algumas coisas para nós, além de encontrar quem vai te substituir na Parker International. Depois, já que está tão decidida a ir embora, eu te demito em seis semanas.

– Não vou planejar seu casamento. Nunca.

– O quê?! – Ele parecia confuso.

– Também não vou planejar sua festa de noivado. – Não conseguia parar de falar. – E, se achou, por um segundo, que eu não ia contar a essa sua noivinha instantânea aí que sua boca fez a festa no meu corpo apenas dias atrás e que você estava falando sobre fazer isso de novo no corredor, está redondamente enganado. *Redondamente enganado.*

Ele olhou para mim como se eu tivesse perdido a cabeça. Depois, surgiu aquele sorriso que me dava vontade de socá-lo; que eu amava e odiava em medidas iguais. Quase ergui a mão para arrancá-lo de seu rosto.

– Estava me referindo à minha sobrinha – falou ele.

O quê?

– Ah. – Minhas bochechas começaram a queimar. – Não sabia que você tinha uma sobrinha.

– Nem eu. – Ele fez uma pausa, parecendo vulnerável pela primeira vez. – Meu irmão faleceu e a deixou sob meus cuidados. – Ele desviou o olhar, e percebi a pilha de livros na beirada da mesa: *Como cuidar de uma criança, Como criar um bebê, Filhas e pais solo, Equilibrando a carreira e a família.*

Bem na hora, uma menininha linda de cabelos castanhos veio cambaleando até a sala com um pirulito pela metade na mão.

– Tio Preston, me dá outro?

Quando ela se aproximou, pude ver que os olhos dela eram do mesmo tom lindo dos dele. E que ela estava com açúcar vermelho e azul pela boca toda.

Ele tirou o plástico de outro pirulito, e ela sorriu, olhando para mim.

– Sabia que eu sujei o sofá do tio hoje?

Isso explica a mancha no sofá.

154

Por costume, peguei meu celular e resolvi a situação. Voltando minha atenção a ela, gesticulei para que se aproximasse.

– Qual é o seu nome?

– Violet. – Ela fez uma pausa. – Violet Rose Parker.

– Que nome lindo!

– Obrigada! E o seu?

– Tara. – Imitei a pausa dela. – Tara Rose Lauren.

– Gosto mais do meu nome do que do seu.

– Eu também! – Ri, e ela se virou para pedir a Preston que abrisse *outro* pirulito.

Quando ele concordou e ela saiu com mais dois, suspirei.

– Quantos ela já comeu hoje?

– Nem sei. Talvez uns vinte.

– Talvez uns vinte? Você está louco?

– Não, mas eu não terminei de ler minha edição de *O que esperar quando você não está esperando uma criança*. Quer me dar alguma dica?

Revirei os olhos e entrei na cozinha dele, abrindo a geladeira. As prateleiras estavam repletas de garrafinhas de água, sobremesas e vinhos. Nada para uma criança. Entrei em um dos quartos de visitas colossais, percebendo que ele ainda estava vazio, como quando tinha começado a trabalhar para ele.

– Devia transformar isso aqui no quarto dela – falei, voltando à sala de jantar. – Seria um bom começo para ajudá-la com a nova vida.

Antes que eu pudesse perguntar a ele quando planejava dar um pulo no supermercado, ouvi o som de alguém tendo ânsia. Depois, de alguém vomitando.

– Não tô legal. – Violet entrou cambaleando no quarto e olhou para Preston. – Tio, minha barriga tá estranha.

Suspirei.

– Pode chamar o motorista e pegar a cadeirinha para ela, por favor?

– O motorista chega em um segundo – disse ele, clicando no celular. – Que cadeirinha?

Violet vomitou de novo antes que eu pudesse lhe responder.

VINTE

Preston

Duas horas depois, coloquei a cadeirinha de carro nova de Violet ao lado da cômoda. Fiz uma anotação mental para usar a chave felpuda que meu irmão me deixou para pegar algumas coisas na casa dele depois.

Violet ficou deitada na minha cama, bebericando refrigerante de gengibre enquanto lágrimas escorriam por seu rosto. Como se o ursinho de pelúcia também estivesse doente, ela levava o canudo aos lábios dele de vez em quando.

Tara passou um lencinho em seu rosto para secar as lágrimas, balançando a cabeça para mim.

– Você não mencionou tudo o que deixou ela comer nos últimos dias.

– Não achei que pizza seria um problema.

– Não é – falou ela. – Mas ela não pode comer isso vários dias seguidos com pirulitos de café da manhã, não importa quantas vezes ela pedir.

Foi o Urso quem pediu.

– Anotado. – Observei enquanto Tara media a temperatura de Violet e a fazia tomar a última colherada de sopa de frango com macarrão. Ela deixou o remédio com sabor de uva por último, e, embora Violet insistisse que não estava com sono, desligou em poucos minutos.

Diminuí as luzes e gesticulei para Tara me seguir até a sala de estar. Ela se sentou no meu sofá e abriu meu notebook, digitando a senha.

– Quando vai contar o que aconteceu com os pais dela? – perguntou.

– Em algum momento desta semana. – Ainda estava decidindo qual abordagem seguir. "Em um lugar melhor" nunca funcionou para mim; "no céu" só significava que ela passaria horas incontáveis perguntando onde era isso e "eles morreram num acidente" era desnecessariamente cruel.

– Você precisa arrumar uma babá temporária para ela enquanto isso – sugeriu Tara. – Vou pegar algumas recomendações e pedir à pessoa que fique com ela na sua suíte privada durante as horas de trabalho, até contratar alguém permanente para cuidar dela aqui. Você também tem de pedir para um designer vir o mais rápido possível para planejar o quarto dela. Ela precisa de um espaço próprio e se acostumar a morar com você.

Tara continuou listando tudo de que Violet iria precisar e, quando terminou de enumerar todos os itens, já passava um pouco da meia-noite.

– Precisa de mais alguma coisa hoje? – perguntou.

– Preciso que seja minha acompanhante no evento da *Senhor Nova York* este fim de semana.

– Não. Ainda não acho que isso seja...

– Apropriado? – Revirei os olhos. – Essa palavra foi por água abaixo na sala de conferências, e duvido muito de que mais alguém aceite ir comigo. Caso não tenha percebido, você está comigo o tempo todo.

– Tá – falou ela. – Então, só preciso te ajudar com a Violet por seis semanas, encontrar alguém para assumir meu cargo e ir ao evento com você no fim de semana para ser liberada do meu contrato. Alguma letra miúda nessa proposta?

– Nenhuma. – Estendi a mão. – É uma oferta verbal genuína, e prometo ser honesto com você sobre tudo até o acordo estar fechado.

– Vou fazer o mesmo. – Ela apertou minha mão e se levantou, indo em direção ao meu elevador particular.

Eu a segui e apertei o botão para descer.

– Obrigado.

– *O quê?!* – Ela pareceu ter visto um fantasma. – O que foi que me disse?

– Eu te agradeci. Por que está me olhando assim?

– Porque você nunca fez isso. Nunquinha.

Silêncio.

– Bem, falei sério. – Eu a observei entrando no elevador. – Muito obrigado, por tudo.

– De nada.

VINTE E UM

Tara

Naquele mesmo fim de semana

Mordi a língua pela enésima vez naquela noite. Não sabia por que havia pensado que Preston ter uma criança em sua vida amansaria um pouco a fera, mas agora estava convencida de que ele sempre seria um babaca. Mesmo depois de arrumar a melhor babá na cidade, de contratar a melhor designer de quartos infantis e de garantir que todo mundo de cada área pudesse prestar assistência a ele com as necessidades de Violet, ele, ainda assim, continuava o mesmo.

Mal conversamos desde que ele me buscou para o evento de gala, e ele fez questão de me apresentar como sua "assistente que está prestes a se demitir". Não havia humor algum em sua voz ao dizer isso, e, se a pessoa achava que ele estava brincando, ele emendava com "É tão difícil achar alguém prestativo hoje em dia...".

Senti-me tola por passar a metade do dia me arrumando para esse evento; por esperar que ele ao menos me fizesse um elogio.

Gastei mais de dois mil dólares em um vestido rosa e cinza feito sob medida, que ia até um pouco antes dos joelhos, e em um par novo de saltos altos prateados e brilhantes da Christian Louboutin. Minha maquiagem estava impecável, e meu cabelo, preso em cachos com grampos reluzentes.

Ofendida, peguei meu celular e mandei uma mensagem rápida para Ava.

Eu: Foda-se tudo o que falei sobre esse homem "talvez" ter um lado de manteiga derretida. Ele não fez nada hoje além de me tratar mal. Não vejo a hora de essas seis semanas acabarem.

Ava: Então não deixa ele te tratar assim por nem mais um segundo. Dá o fora daí. Eu te ligo quando chegar na França amanhã.

— Preston, que bom ver você nesses eventos *acompanhado*, só para variar. — O CEO do Marriott parou na minha frente enquanto eu guardava o celular. — Prazer em enfim conhecê-la pessoalmente, senhorita Lauren. Ouvi coisas ótimas a seu respeito.

— Ouviu também que ela vai se demitir? — perguntou Preston.

— Não. — O CEO do Marriott sorriu e pegou um cartão de visita. — Já que ele mencionou, seria um prazer se nos considerasse.

— Bem, contanto que a pessoa para quem eu tiver de trabalhar não seja um babaca, eu considero, sim.

Ele arregalou os olhos, e eu me virei, indo em direção à saída.

Preston apareceu do meu lado segundos depois, acompanhando meu ritmo.

— O evento ainda não acabou, Tara.

Não respondi. Continuei andando.

— Tara...

— Pra você, é sempre *senhorita Lauren*. — Virei-me para encará-lo. — Já não basta eu ter perdido dois anos da minha vida trabalhando para você enquanto me tratava como um monte de lixo? Não vou deixar você estragar minhas últimas seis semanas também. Chega de esperar mais alguma coisa de você, e já estou por aqui com você hoje. Por aqui — Afastei-me, fula da vida, mas ele me seguiu.

Cheguei ao saguão, e ele pegou meu cotovelo, puxando-me para o banheiro mais próximo.

— Nós temos um combinado de você ficar comigo no evento — falou ele entredentes. — Isso significa que só vai embora quando *eu* for embora. Também significa...

159

– Vai se ferrar. – Eu o encarei, interrompendo sua fala. – Não ouviu o que acabei de dizer? Já estou por aqui com você. Vou te ajudar com a Violet pelas próximas seis semanas, porque ela infelizmente vai ter que ficar sob seus cuidados, mas, de resto, só vou fazer o mínimo. – Estava furiosa. – Eu te odeio.

Ele soltou meu cotovelo.

– Me odeia, é?

– Fui bem clara no que disse. – Tentei me afastar, mas ele segurou meus quadris, mantendo-me parada no lugar.

Uma mulher entrou no banheiro e chegou perto da pia. Ela viu nosso reflexo no espelho e saiu rapidamente.

Preston foi até a porta e a trancou. Depois, aproximou-se de mim, fazendo-me recuar até minha bunda estar pressionada contra o suporte de toalhas.

Ele olhou para o meu vestido e colocou a testa contra a minha.

– Eu sei por que está brava comigo, Tara.

– Eu te falei para não me chamar mais assim.

– Você queria que eu dissesse como está gostosa pra caralho? – Ele passou o dedo pela minha clavícula, fazendo meus nervos flameja- rem. – Como eu teria preferido ficar na sua casa para terminarmos o que começamos na sala de conferências em vez de vir para cá?

– Não.

– *Sim*. – Ele encostou os lábios nos meus. – Sabia que você não aceitaria isso bem, embora eu tenha certeza de que é o que quer. Aposto que ainda não tem ideia de como é lidar com a vontade de certo alguém por mais de dois anos.

– Já faz dois anos que eu tenho vontade de que certo alguém me trate bem – respondi, entredentes. – Vai por mim, você não tem ideia de quanto é difícil lidar com isso.

– Só para deixar claro, ele nunca odiou você.

– Pena que não posso dizer o mesmo.

– Achei que prometemos ser honestos um com o outro nesta reta final.

– Estou falando a verdade.

Ele deslizou a mão para o meio das minhas pernas e pressionou-a contra a minha boceta.

– Não parece que você me odeia.

– Isso não significa nada. Está além do controle do ódio.

Ele estreitou os olhos para mim e mordeu meu lábio inferior.

– Então me prova.

Ele pressionou os lábios contra os meus e minha mentira durou um total de dois segundos. Não consegui me segurar e acabei cedendo. Coloquei os braços ao redor do pescoço dele e gemi quando ele deslizou as mãos pela parte de trás do meu vestido.

Entre beijos imprudentes, ele não tirou os olhos dos meus e não me deu chance de comandar o ritmo. Controlou minha língua com a dele, apertando minha bunda cada vez que eu tentava assumir a liderança.

Desgrudando a boca da minha, ele deu um passo para trás.

– Vira.

Pegou minha cintura e me girou para eu ficar de frente para o espelho, de modo que nossos reflexos estivessem bem na minha frente.

Olhando para mim pelo espelho, ele começou a abrir a parte de trás do meu vestido, deixando-o cair no chão em uma piscina de seda. Depois, abriu meu sutiã e deslizou as alças pelo meu ombro, largando-o com meu vestido. Por fim, passou a mão pelo cós de renda da minha calcinha e a arrancou, guardando-a em seu bolso.

Apenas de saltos altos, eu estava completamente nua na frente do espelho, observando-o depositar beijos vorazes em meu pescoço; sentindo como ele mordia minha pele cada vez que um som saía da minha boca.

– Abaixa e segura na bancada – sussurrou ele, mordendo minha nuca.

Engolindo em seco, inclinei meu corpo e peguei o mármore frio.

Olhei para o chão, mas ele passou os dedos pelo meu cabelo, levantando minha cabeça com gentileza, para que eu voltasse a olhar para o espelho.

– Quero que olhe para nós – falou ele, usando a outra mão para soltar o cinto. – Para que você veja como sempre me odiou.

– Sempre vou odiar.

Ele sorriu e soltou meu cabelo, pegando uma camisinha do bolso antes de deixar as calças caírem ao chão. Abrindo a palma da mão sobre minhas costas, colocou o joelho entre minhas coxas para me fazer abrir ainda mais minhas pernas.

Olhando para mim pelo espelho, ele colocou a camisinha, deslizando-a lentamente pelo membro enorme. Quando terminou, segurou meus quadris e encostou o pau no meu clitóris molhadíssimo. Esfregando-o em mim, ele me provocou por vários segundos antes de me preencher, centímetro a centímetro.

Segurou-me com firmeza, e fiz o melhor que pude para manter o rosto sério no espelho. Tentei resistir a lhe dar a satisfação de saber como era gostoso tê-lo dentro de mim.

Mordi meu lábio para reprimir meus gemidos, odiando saber como minha farsa era clara para ele, como esses anos de tensão sexual entre nós dois estavam, enfim, culminando nesse impasse sedento e intenso.

– Ah... – Não consegui engolir um gemido quando ele entrou em mim por completo. – Ai, meu Deus...

Sem aviso, ele saiu de dentro de mim e enfiou com tudo de novo – quase me derrubando com a força. Segurei o mármore com mais firmeza e fiquei ainda mais excitada, observando o reflexo dele metendo em mim de novo e de novo.

O som de nossas peles colidindo ecoou pelas paredes, e meus saltos riscavam o chão cada vez que ele entrava em mim.

Soltando meus quadris, ele acariciou meus seios, beliscando levemente os mamilos.

– Puta merda, Preston... – murmurei, observando-o tomar conta do meu corpo com dois ritmos diferentes.

De repente, ele levantou minha mão da bancada e a colocou na minha boceta.

– Brinca com seu clitóris pra mim – sussurrou ele, colocando a mão esquerda no meu cabelo, para puxá-lo com força. – Agora.

Levei minha mão para baixo, massageando meu clitóris em círculos com dois dedos.

– É assim que gosta de ser tratada pela pessoa que você odeia, é? – falou ele entredentes, olhando para mim no espelho. A expressão em seu rosto era uma mistura de raiva, tesão e mais alguma coisa que não pude identificar. – É isso que você queria? – perguntou ele, um pouco mais ríspido dessa vez.

Não fui capaz de responder. Só conseguia gemer enquanto ele me comia com mais e mais força.

– Me fala – grunhiu ele, puxando meu cabelo para trás até levantar minha cabeça e fazer minha boceta latejar em volta de seu pau. – Ainda me odeia?

A única coisa que eu conseguia fazer sair dos meus lábios eram gemidos.

– Senhorita Lauren – disse ele, imitando a voz que tinha usado há pouco –, você ainda me odeia?

– Eu... eu vou gozar – foi tudo o que consegui dizer.

As metidas ficaram ainda mais fortes, combinadas a tapas na minha bunda, e eu senti minhas pernas tremendo. Segurei na bancada com as duas mãos e tentei me conter, mas senti o orgasmo tomar conta de mim.

Gritando o nome dele, fechei os olhos enquanto onda após onda de prazer assolou meu corpo. Eu o senti me segurando, metendo mais algumas vezes até atingir o clímax, enquanto vociferava meu nome.

Nossos olhares se encontraram no espelho, e continuamos grudados por vários minutos. Pingando de suor, ambos estávamos com cara de quem tinha transado, e eu sabia que não tinha a menor chance de voltarmos ao evento sem levantar suspeitas.

Sem dizer nem mais uma palavra, ele levantou as calças. Depois, pegou meu sutiã no chão e não se apressou ao colocá-lo sobre meus seios. Prendendo o fecho, depositou um beijo nas minhas costas antes de me ajudar com o vestido.

– Aqui – falou ele, tirando o paletó e colocando-o sobre meus ombros.

Ele fechou o cinto e olhou para mim.

– Você não chegou a responder à minha pergunta.

– Você fez mais de uma.

Ele afagou meu cabelo.

– Você sabe muito bem de qual estou falando, Tara.

– Não, eu não te odeio, Preston... não tanto assim.

– Hum... – Ele colocou a mão nas minhas costas e me conduziu até a porta.

Quando a destrancou, vi que tinha uma fila enorme de mulheres esperando. Sentindo minhas bochechas corarem, abaixei a cabeça.

Preston soltou uma risada baixa e me levou até a porta de saída.

– Senhor Parker! Senhor Parker! – Uma repórter loira entrou na nossa frente. – Sou jornalista do *Page Six*. Estava me perguntando se poderia fazer um comentário para nós sobre a indicação ao top cinco do Senhor Nova York deste ano.

– Já falei milhares de vezes sobre como me sinto sobre seu top cinco.

– Se eu disser que está no top dois, pode nos dar uma declaração?

– Só quando eu for o número um.

– Bem, pode nos contar então quem é sua acompanhante hoje? Ela me parece familiar, mas conte para nós qual é o status da relação entre vocês dois.

Ele nos fez passar por ela e ir direto para fora, onde o carro nos esperava. Deixando que eu entrasse primeiro, entrou logo depois de mim, sentando-se ao meu lado.

– Para o meu apartamento, Simon – falou ele, olhando para mim. – E preciso que feche a repartição, por favor.

– Sim, senhor. – A repartição rolou lentamente até o teto, e Simon aumentou o volume da música lá na frente.

Só tínhamos percorrido dois quarteirões quando ele prendeu os lábios aos meus e as mãos em meu cabelo.

Soltando o cinto, pegou uma camisinha e, então, sussurrou:

– Quero que cavalgue no meu pau até chegarmos em casa.

Em vez de fazer isso, inclinei-me por cima de seu colo e coloquei o pau dele na boca, pegando-o completamente de surpresa.

Subindo e descendo minha cabeça devagar, segurei a base e ouvi os gemidos de prazer dele.

– Caralho... – Ele passou as mãos pelo meu cabelo. – Tara.

Por apenas um momento, girei a língua ao redor da ponta, depois o enfiei mais fundo, até a garganta. O pau dele ficou ainda mais duro dentro da minha boca, mas não desacelerei.

A respiração dele foi ficando cada vez mais pesada conforme mais prazer eu lhe dava, e senti as pernas dele tensas sob mim.

– Se não quiser sentir o gosto ou me deixar gozar na sua boca – falou ele, sussurrando –, precisa parar agora.

Não parei. Enfiei tudo na garganta de novo, segurando os joelhos dele enquanto ele gozava na minha boca. Engoli cada gota.

Lentamente, ele me puxou para cima de novo e olhou nos meus olhos. Parecendo estar mais do que impressionado, fitou-me de um jeito que me revelou que a noite só estava começando.

Quando chegamos a seu prédio, entramos no elevador particular e nos beijamos como se estivéssemos tentando compensar o tempo perdido. Havia um traço de arrependimento em seus olhos, e me perguntei se ele podia ver que eu sentia o mesmo.

Descendo aos tropeços em seu andar, ele destrancou a porta, e as luzes se acenderam na mesma hora.

– Ah, graças a Deus! – Uma voz feminina nos tirou do nosso estupor. – Você voltou mais cedo.

Afastamo-nos e vimos a babá de Violet se levantando do sofá com um salto. Espumando, ela colocou os sapatos e enfiou brinquedos e livros em sua bolsa. Violet estava sentada à janela usando fones de ouvido, parecendo muito incomodada.

– Algum problema, senhorita Julie? – perguntou Preston. Depois ele murmurou para mim: – Vai levar um tempo para eu me acostumar com isso.

– Aham. Sua filha...

– Ela é minha sobrinha.

– Enfim. – Ela deu de ombros. – Sua sobrinha é uma pestinha. Uma pestinha muito esperta, mas, ainda assim, uma pestinha. – Ela veio até nós e lhe entregou um cheque. – Não vou depositar o da semana que vem. Estes últimos dias foram mais do que suficientes. Até nunca mais, e boa sorte.

Ela saiu sem dizer mais nem uma palavra, e eu tirei o paletó de Preston dos meus ombros. Fiz menção de dizer boa-noite para ele também, mas algo me disse para ficar.

Ele foi até Violet, e o rosto dela se alegrou imediatamente.

– Eu não gosto da Julie, tio Preston. – Ela tirou os fones. – Quero meu papai.

Preston suspirou e estendeu a mão.

– Podemos conversar sobre seu pai no seu quarto?

– Tá bom! – Ela pegou o ursinho e segurou a mão dele, depois olhou para mim e sorriu. – Oi, Tara!

– Oi, Violet. – Olhei para Preston. – Eu vou só... hum, eu vou...

– *Fica* – pediu ele, prendendo-me no lugar com o olhar por um momento. Ele gesticulou para que eu seguisse os dois até o quarto novo de Violet.

Sentei-me no canto, onde a designer tinha colocado uma mostra impressionante de ursinhos e pufes que combinavam com a decoração. Assisti a um Preston todo atrapalhado ajudar Violet a vestir o pijama que queria e reprimi uma risada.

– O Urso quer suco de maçã antes de nanar – falou ela.

– Por que seu ursinho de pelúcia iria querer suco de maçã? – perguntou ele.

– Ele tá com sede.

Preston a encarou e depois me olhou, pedindo ajuda.

– Eu pego. – Fui até a cozinha, pisando nos brinquedos e nos livros que estavam espalhados pelo chão. Quando voltei com a caixinha de suco, Violet segurou o canudo à altura da boca do ursinho de pelúcia por cinco segundos antes de beber tudo sozinha.

– Que esperteza. – Preston sorriu, aninhando-a sob as cobertas. Depois, pegou a mãozinha dela. – Violet, seus pais... Eles estavam em um acidente de carro.

– Um acidente de carro – repetiu ela.

– Sim, um acidente de carro infeliz – disse ele, fazendo uma pausa.
– E morreram.

Ela piscou.

– Igual à vovó e ao vovô?

Preston ficou paralisado, e eu sabia que ele tinha sido pego de surpresa pelas palavras dela.

– Mais ou menos isso. Sim.

– Eles vão voltar?

– Não, Violet – respondeu ele. – Não vão.

Ela pareceu confusa.

– Eles estão nas nuvens com a vovó e o vovô?

Ele hesitou antes de responder desta vez.

– Sim.

– Ah... – Ela ficou em silêncio por vários segundos, olhando de Preston para o Urso. – Tio, pode ler a história do arco-íris para mim e o Urso mais uma vez?

– Claro. – Ele acendeu a luminária em rosa e amarelo, depois pegou o livro na cômoda. Leu a história para ela duas vezes, e, no meio do terceiro bis solicitado, ela dormiu.

Ficando de pé, beijou a testa dela e apagou as luzes. Depois, pegou minha mão e me puxou para a sala de estar.

– Eu não entendi que meu pai tinha morrido até ter seis anos – falei. – Você fez um bom trabalho nessa primeira explicação.

– Obrigado – disse ele. – Presumo que ela vá precisar ficar no meu escritório até eu encontrar outra babá?

Vou agendar mais entrevistas, mas, enquanto isso, acho melhor pedir a Cynthia. Ela podia ficar com Violet na sua suíte privada do outro lado do corredor. Você mal a usa mesmo. Ainda pode dar uma olhada nela de hora em hora, e, se em algum momento, ela precisar de você, não vai ter de correr para casa.

– Por "Cynthia" você quer dizer a moça que quer dormir comigo? – Ele revirou os olhos. – De jeito nenhum.

– Ela é a única pessoa na equipe de funcionários que tem formação em desenvolvimento infantil. E ama crianças. – Ele não parecia convencido. – Ajudaria se eu te dissesse que ela está namorando?

– Imensamente.

– Bem, ela está. – Ri e dei um passo para trás. – Enfim, sobre o que aconteceu hoje à noite...

– O que que tem? – Ele deu um passo à frente, e eu recuei mais um passo. Ele se aproximou de mim e segurou minha cintura antes que eu pudesse me afastar ainda mais.

– Sim, foi inapropriado – falou ele. – E, sim, vai acontecer de novo – ele sussurrou contra meus lábios. – Só tem um motivo para não continuar agora.

– Tio Preston? – A voz baixinha de Violet nos fez olhar para baixo, e ele me soltou.

– Sim, Violet?

– O Urso tá com medo. – Ela segurou a mão dele. – Ele quer nanar na sua cama.

– Ah, é mesmo?

Ela assentiu, segurando o Urso mais perto do peito com a outra mão.

– Ok. – Ele a pegou e a segurou na lateral do corpo. – Podemos levar Tara ao elevador antes?

– Tá bom. – Ela sorriu e se inclinou contra o peito dele.

Ele foi comigo até o elevador particular e beijou minha testa antes de apertar o botão para descer.

– Estou pensando em dormir até mais tarde na segunda – falei, entrando. – Será que meu chefe vai entender?

– Não vai.

– Te vejo ao meio-dia.

– Ele vai te ver às sete.

VINTE E DOIS

Preston

Na manhã de segunda-feira, Cynthia entrou na minha suíte particular com uma caixa de livros de pintar.

– Não sei como agradecer pela chance de fazer algo diferente por aqui, senhor Parker – falou ela. – Nem acredito que a senhorita Lauren me recomendou ao senhor. Achei que ela me odiasse.

– Por que ela te odiaria?

– Ela não te contou que eu... – Ela pigarreou, sem concluir a frase.

– Nossa, não tenho ideia. – Colocou a caixa no chão, e eu ajeitei o cobertor de Violet enquanto ela dormia.

– Estarei na minha sala, se precisar de mim – falei. – Virei aqui dar uma olhada nela de hora em hora, até que eu confie em você ou até encontrarmos uma babá permanente. Entendido?

– Entendido. – Ela baixou o tom de voz. – Não se preocupe. Vou sustentar a história de que ela é sua sobrinha, e não sua filha secreta. Os olhos dela entregam tudo.

Balancei a cabeça, sem me dar o trabalho de responder. Olhei para Violet dormindo por mais alguns minutos antes de entrar na minha sala.

Quando cheguei, vi que meu café colombiano me esperava, meu sumário e minha agenda estavam em perfeita ordem, e foi ali que soube que a próxima pessoa que eu contratasse como assistente executiva nunca seria tão boa como Tara.

Nem tão memorável quanto ela.

Uma estagiária entrou no meu escritório com um prato de café da manhã, os braços tremendo a cada passo dado.

– Tem mais alguma coisa que eu possa buscar para o senhor? – Ela colocou a bandeja sobre a mesa.

– Por que está tremendo?

– É meu primeiro dia, senhor – disse ela. – Ouvi dizer que o senhor é o diabo reencarnado e que trabalhar para o senhor é o inferno na terra, então quero causar uma boa impressão.

Pisquei.

– Também ouvi dizer que o senhor demite as pessoas sem mais nem menos, e preciso muito deste emprego.

– Pode sair da minha sala agora.

– Ok, espera. – O rosto dela ficou vermelho. – A verdade é que eu derrubei seu bagel apimentado, mas ele só ficou no chão por cinco segundos. Peguei logo depois e o limpei na minha camiseta.

– *Como é?*

Ela deu um passo para trás, quase ofegante, e se retirou.

Antes que pudesse começar a processar o que infernos ela tinha feito com o meu bagel, Tara entrou na minha sala, rebolando um pouco sobre os saltos. Meu pau ficou duro na mesma hora.

– Bom dia, senhor Parker.

– *Tara.*

Ela corou.

– Senhor Parker, tenho duas entrevistas com babás agendadas para esta tarde, e uma entrevista com minha possível substituta para agora de manhã. – Ela veio até minha mesa e pegou o bagel apimentado, jogando-o no lixo e trocando-o por um tradicional. – Você precisa aceitar uma ligação com o departamento de branding às duas, uma reunião por Skype com o George direto do tour pela China às quatro... – Encarei os lábios dela enquanto falava, sem prestar muita atenção no que dizia. – O senhor também precisa se certificar de ter assinado minha carta de recomendação para as empresas às quais vou me candidatar nos próximos dias.

– Ainda não te escrevi nenhuma carta de recomendação.

– Já que não acredito que o senhor faria isso tão cedo, eu mesma a escrevi. – Ela sorriu. – Mandei por e-mail para o senhor. É só assinar.

– Vou pensar a respeito.

– Você prometeu.

– Ah, foi?

– Sim. – Ela estreitou os olhos para mim. – Sim, prometeu, e espero ter a carta com sua assinatura na minha caixa de entrada dentro de uma hora.

– Mando em duas.

– Precisa que eu faça mais alguma coisa?

– Sua boca cairia bem.

– Não vou transar com você no trabalho.

– As paredes são à prova de som. – Tamborilei os dedos na mesa. – Você sabe bem disso, já que tratou de reforçá-las.

– Fiz isso para não ter mais que te ouvir me chamando aos berros.

– É um "não" quanto à sua boca, então?

– É um "nos vemos à tarde".

VINTE E TRÊS

Tara

Bebi meu café e fiz uma careta ao me reclinar na poltrona. Cada músculo em meu corpo doía por causa do fim de semana, e eu estava com dificuldade de me concentrar no trabalho. Também não conseguia processar os vislumbres que tive do lado mais dócil de Preston; tudo, desde a forma como ele me vestiu depois de transarmos no evento à maneira como conversou com Violet, fazia com que eu me questionasse se havia algo mais sólido que poderíamos tentar construir depois que eu saísse da empresa.

É só o sexo falando, Tara. Ele ainda é um babaca. Não caia nessa.

Enquanto repassava a pilha de currículos para o cargo de assistência executiva, ele me mandou a carta de recomendação assinada. Sorrindo, comecei a digitar um agradecimento, mas ele enviou outro e-mail logo em seguida.

Assunto: Sua substituição

Em que parte do processo da sua substituição você está? (Essa entrevista de agora por acaso é algum tipo de piada?)

Preston Parker
CEO e proprietário da Parker International

Assunto: Re: Sua substituição

Tenho mais dez candidatos para passar pela triagem e sessenta currículos novos para ler ainda hoje. (De jeito algum. Ela é formada em Harvard e possui experiência em nível B. Por quê?)

Tara Lauren
Assistente executiva de Preston Parker, CEO da Parker International

---

Assunto: Re: Re: Sua substituição

Se os currículos que você estiver analisando não forem nem cinquenta por cento tão impressionantes quanto o seu, nem se dê ao trabalho de passá-los pela triagem. (Ela acabou de me perguntar por que não quero que sejamos mais parecidos com os Hotéis Hilton, que são "bem melhores". Favor retirá-la da minha sala. Imediatamente.)

Preston Parker
CEO e proprietário da Parker International

Ri e coloquei os saltos antes de entrar no escritório dele.

– Acho que vocês encontrariam vantagem em fazer algumas coisas ao estilo Hilton – a mulher continuava falando. – Quer dizer, eles têm um aplicativo no qual os hóspedes podem fazer reservas pelo celular, e o logo deles faz com que você se sinta acolhida. Se eu fosse a assistente executiva de vocês, e eu deveria mesmo ser, priorizaria essas duas coisas.

Preston olhou para ela e tamborilou os dedos na mesa, a veia no pescoço inchando a cada palavra que ela dizia.

– Desculpe interromper – falei, fazendo com que ela se virasse. – Senhor Parker, há algo urgente que preciso que o senhor resolva; será preciso terminar esta entrevista com a senhorita Proby.

– Entendo perfeitamente. – Ela se levantou e estendeu a mão para Preston.

Ele a encarou.

Pigarreei, indicando que ele a cumprimentasse.

– Entraremos em contato – falou ele com voz firme.

– Espero que sim! – Ela pegou a bolsa e passou por mim, fechando a porta ao sair.

– Não temos um aplicativo para os hóspedes fazerem reservas nos meus hotéis? – Ele me olhou.

– Temos. E, antes que pergunte, sim, seu logo é melhor que o do Hilton.

– Disso eu sei. – Ele sorriu. – Não ia perguntar.

– É claro que não...

– Alguma possibilidade de eu te pagar mais para ficar aqui e trabalhar para mim? Prometo não te estressar tanto.

– Nunca.

– Mesmo com mais opções de ações? – Ele se levantou, aproximando-se de mim. – Mais benefícios?

– Já tenho muitos benefícios e opções de ações.

– Um ano a mais não te mataria.

– Eu acho de verdade que mataria, sim.

Ele soltou uma risada baixa e estreitou a distância entre nós, inclinando-se para me beijar.

– Não podemos. – Eu o empurrei e me afastei, pegando o celular. – Você tem uma reunião de duas horas com... – dei uma olhada na agenda dele – a BTL, daqui a alguns minutos. Você acrescentou isso? Não aprovei nenhuma reunião com a branding da Thompson Lane hoje. Por que há várias reuniões marcadas com eles esta semana?

– Porque BTL não é branding da Thompson Lane – falou ele, passando por mim e fechando a porta. – Achei que *Boca da Tara Lauren* seria muito inapropriado para a minha assistente executiva aprovar.

Ri, e os lábios dele encontraram os meus em um beijo.

– Preciso que lide com todas as minhas reuniões internacionais por conta própria.

– Sério?

– Sim. – Ele passou os dedos pelo meu cabelo. – Comecei a mandar os itens pessoais de Violet para a minha casa, mas ainda não achei o passaporte dela. Não me sinto confortável em deixá-la sozinha enquanto viajo.

– Achei que não soubesse nada sobre crianças...

– Sei que elas não gostam de ficar sozinhas. – Ele passou o dedo pelos meus lábios. – Preciso mandar algum estagiário na viagem com você?

Balancei a cabeça.

– Só meu motorista.

– Seu chefe está te tratando melhor agora?

– Não. – Sorri. – Ele só é muito bom no sexo.

Ele riu e me empurrou contra a parede.

– Cancela o resto do meu dia.

VINTE E QUATRO

Preston

Algumas noites depois, acordei morrendo de dor – sentindo uma palpitação intensa no peito. Não importava quantas doses de medicamento para ansiedade eu tomasse, tinha isso todas as noites, cada vez pior, e sempre me trazia memórias do meu irmão. Eram sempre as mesmas. Imagens de Weston e eu brigando no quintal de onde morávamos na infância. Nós dois brigando no ônibus da escola. Nós dois brigando sobre tudo e qualquer coisa.

Com um suspiro, revirei na cama e me encontrei cara a cara com um par de olhos de botão roxos.

Mas que...

Sentei-me e encontrei Violet dormindo do outro lado da minha cama. Era a quinta noite seguida que ela vinha sorrateiramente para cá no meio da madrugada, e eu ainda estava me acostumando com isso. Dando um beijo em sua testa, puxei uma coberta sobre ela e fui até a cozinha.

Abrindo a geladeira, balancei a cabeça ao ver todas as caixas de suco, as frutas e as pequenas bandejas de refeição que estavam ali para Violet. Graças a Tara, agora ela tinha uma nutricionista, que preparava suas refeições semanais e fazia com que minha geladeira e meu freezer estivessem sempre com uma relação de oitenta por cento comida para crianças e vinte por cento para adultos.

Peguei uma caixinha de suco de maçã e um pacote de biscoitos em formato de animais e os levei ao sofá. Abri o notebook e procurei alguma coisa de trabalho em que pudesse me concentrar pelas próximas horas, mas, pela primeira vez desde sempre, a última coisa que eu queria fazer era trabalhar.

Abaixando a tela para fechá-lo, peguei o celular. Procurei o nome de Tara e o encarei. Enfim, apertei para ligar.

Tocou uma vez. Duas vezes. Antes que eu pudesse desligar e dizer a ela que tinha sido um engano, ela atendeu com sua voz familiar, sussurrada.

– Alô? – disse ela. – Alô?

– Oi, Tara.

– Está ligando para falar da reforma da escadaria do Grand Rose? Consigo pegar os números para você em dois minutos.

– Não, não.

– Ah, é sobre meu itinerário de viagem, então? Estou esperando os Von Strum aprovarem os locais das reuniões finais, mas está tudo pronto para as sessões na Escócia e em Amsterdã.

– Também não estou ligando por isso.

– Ah... pelo quê, então?

Suspirei.

– Não consigo dormir.

– Não sabia que você dormia.

– Ao contrário do que os boatos no escritório dizem, eu durmo pelo menos cinco horas por noite.

– Dizem que o ideal é oito.

– Já ouvi falar disso também – respondi. – Mas nunca de ninguém bem-sucedido.

Ela riu.

– É exatamente por isso que todo mundo acha que você é um péssimo chefe.

– Você ainda acha isso?

– Com certeza. Você é o pior chefe que eu já tive.

– Sou o *único* chefe que você já teve.

– Ainda assim não muda o que eu disse. – A risada dela tomou conta da ligação de novo, e percebi que, ao longo dos últimos dois anos, nunca tínhamos conversado por telefone sem que o trabalho fosse o assunto principal da conversa. – Estava pensando no seu irmão?

Não respondi.

– Desculpa por perguntar.

– Não, tudo bem – falei. – Estava mesmo pensando nele. – Fiz uma pausa. – Estava pensando que é minha culpa não termos sido próximos, mas, sinceramente, não sei como eu teria consertado as coisas. Eu também queria ter conhecido Violet em circunstâncias diferentes.

Ela continuou quieta, ouvindo.

– Só não sou bom com questões emocionais, e, quando nossos pais morreram, ele só queria falar sobre os sentimentos dele. Como se falar sobre como se sentia fosse trazê-los de volta.

– Como foi que eles morreram? – perguntei baixinho. – Se não se importa com a pergunta.

– Foram assassinados. Atiraram neles em casa por causa de um cofre que estava vazio. – Tensionei o maxilar com a lembrança de ter recebido a ligação, do policial dizendo "esse tipo de coisa acontece o tempo todo" logo em seguida. Como se só tivesse me dado uma multa por dirigir em alta velocidade. – Weston e eu nunca mais fomos os mesmos. Sempre lidamos com as coisas de modo diferente, e o luto não foi exceção.

– Seu irmão por acaso era o dono dos Hotéis W, a rede econômica que você rastreia o tempo todo?

– Isso. – Sorri. – Ele foi para o ramo de hotéis mais baratos, e eu fui para os de luxo. Ele viu que tinha algo a ser tirado disso no longo prazo, algo que eu não vi, e, desde então, estive tentando compensar.

– Não é de espantar que esteja tentando entrar nesse ramo com os Von Strum, então – disse ela. – Aposto que seu irmão também era obcecado pela sua rede de hotéis.

– E quem não seria? Estou sempre em primeiro lugar.

Rimos, e quase aumentei o volume para ouvi-la um pouco melhor.

– Você estava acordada trabalhando? – perguntei.

– Sim, claro.

– As palavras "sim, claro" sempre indicam que você está mentindo para mim, Tara.

– Ok, então só sim. Sim.

– O que estava fazendo?

– Me fale mais sobre como é sempre estar no topo, ano após ano – disse ela, mudando de assunto. – Faz tempo que não o ouço se gabar.

– O que estava fazendo, Tara? – repeti. – Para de graça.

– Estava fazendo o que costumo fazer quando está tarde e não consigo parar de pensar no meu chefe.

– Não vou brincar de adivinhação com você.

– Estava me masturbando com o meu vibrador, ok? – Ela bufou. – Tudo bem pra você?

Segurei uma risada.

– Mais do que bem. – Levantei-me e fui até o armário de bebidas, servindo-me dois *shots* de uísque. – Qual foi sua fantasia da noite?

– A de sempre. – A voz dela estava calma. – Nada de especial.

– Me conta.

– Agora?

– Agora.

Ela continuou em silêncio, e mandei o primeiro shot pra dentro.

– O que é a fantasia de sempre, Tara?

Ela pigarreou, ainda sem dizer nada, e tinha quase certeza de que conseguia ouvir a vibração ao fundo.

– Preciso repetir a pergunta?

– Não... geralmente começa com nós dois brigando e, aí, acabamos transando em cima da sua mesa.

– Preciso que seja mais descritiva que isso – falei. – Eu te como por trás, com você apoiada na mesa, ou meto em você deitadinha?

Ela respirou fundo.

– Deitada.

– Você sabe que isso não precisa continuar sendo uma fantasia, certo?

– Certo... – O vibrador dela ficou mais alto.

– Mas vamos precisar fazer algumas alterações. – Tomei o segundo shot.

– Tipo quais?

– Bem, em primeiro lugar, vou precisar que você se sente na minha cara por pelo menos uma hora, para que eu possa sentir o gosto da sua boceta de novo, que eu amo, assim terei certeza de que vai seguir minhas instruções pelo restante do dia.

A respiração dela ficou mais pesada na ligação.

– Depois disso, vou te abaixar na minha poltrona e te preencher com o meu pau até você ficar a ponto de gozar para mim. Quando souber que você está perto, que sua boceta está a segundos de ter um orgasmo, eu te viro sobre a mesa e te como em cima dela até você me implorar para te deixar gozar. – Fiz uma pausa. – Mas só se for o que você quiser...

A respiração dela ficou ainda mais alta do que antes, e pude ouvi-la murmurando baixinho.

– É isso que você quer?

– Sim.

– Que bom. Faremos isso assim que voltar da Europa, então.

– Hum humm... – Ela soltou um gemido baixo. – Tá bom.

Esperei até que a respiração dela estivesse estável de novo.

– Acho que devíamos falar ao telefone sem que o trabalho esteja envolvido com mais frequência. – Sorri.

– Eu gostaria disso.

– E também acho que você não deveria trabalhar pelo resto da semana.

– O quê?

– Você me ouviu – falei. – Sua viagem começa em dois dias, e, se eu te vir pela manhã, não vou conseguir te deixar sair do meu escritório.

– Não quer que eu vá à empresa pelo menos para te mostrar minhas apresentações de projeto?

– Você nunca precisou melhorá-las – falei. – Elas sempre foram perfeitas.

– E você só me avisa agora que vou me demitir?

– De nada.

– Não agradeci.

– Mas ia.

Ela riu.

– Bem, já que estou de folga hoje, então, isso significa que você não vai me mandar e-mails?

– De jeito nenhum. Só significa que você não precisa responder a eles com tanta rapidez.

– Anotado. Bem, vou tomar um banho agora. Falo com você depois.

– Até mais tarde. – Finalizei a ligação e me sentei no sofá. Por algum motivo estranho, estava tentado a ligar de novo para ela, tentando encontrar algo aleatório para discutirmos por mais algum tempo.

Enquanto eu contemplava essa ideia, o nome dela apareceu nas minhas mensagens.

Tara: Ainda tem planos de começar seu dia às quatro e meia da manhã?

Eu: Sim.

Tara: Se importa se eu ligar enquanto você estiver de carro pela cidade apreciando todos os seus hotéis? 💦💦

Eu: De modo algum. 🐝 🐝

Ri e larguei o celular.

Enquanto eu colocava de lado os copos, ouvi o som de pés no corredor.

Arrastando um cobertor e segurando o ursinho de pelúcia, Violet subiu no sofá ao meu lado. Quando sacudiu minha caixinha de suco e viu que ela estava vazia, franziu o cenho.

– Esse suco é pra mim e para o Urso. – Ela estreitou os olhos na minha direção. – Não pra você.

Sorri, reprimindo uma risada.

– Agora não esqueço mais.

Ela se deitou nas almofadas e colocou o Urso ao meu lado. Depois, disse-me para dormir também.

– Boa noite, tio Preston – falou ela.

– Boa noite, Violet.

VINTE E CINCO

Tara

– Consegue me ouvir? – A voz de Ava estava falhando na ligação via Skype. – Alô? Alô-ô?

– Tô te ouvindo. – Pluguei meus fones e olhei pela janela do avião.

– Você não me ligou depois do evento de gala – falou ela, o rosto enfim aparecendo na tela do meu notebook. – O que seu chefe disse quando você o deixou sozinho lá? E, por favor, me diga que não deu as caras no trabalho esta semana.

– Não exatamente – admiti. – Nós meio que...

– Vocês meio que *o quê*?

– Transamos no banheiro, depois de novo no carro e já transamos na sala dele algumas vezes desde então. – Fiz uma pausa. – Tá me julgando?

– Não, tô pegando pipoca. – Ela riu. – Não transo há um tempinho, então preciso que você conte tudo em detalhes explícitos. Depois que terminar eu começo a te julgar.

Sorri e me enfiei debaixo do cobertor, repassando cada momento que Preston e eu compartilhamos nos últimos dias – inclusive as novas ligações tarde da noite que não tinham nada a ver com trabalho. Senti-me corando a cada palavra, ansiando em segredo por vê-lo novamente ao fim da viagem.

– Nossa. – Ava se abanou. – Acho que vou precisar trocar de calcinha quando desligarmos. – Eu ri. – Fique à vontade para aproveitar o sexo com ele o tanto que quiser, mas me faça um favor – disse ela, olhando direto para mim. – Não deixe que o sexo te distraia do fato de que ele é um péssimo chefe, que fez você concordar com um período de aviso-prévio de seis semanas em vez de duas e que, honestamente, ainda acha que fez por você o mesmo tanto que você fez por ele nos últimos dois anos.

– Não vou me esquecer.

– E não se atreva a se apegar à filhinha dele também.

– É a sobrinha dele.

– Você entendeu o que eu quis dizer. – Ela balançou a cabeça. – Sei como você é quando se trata de caras solteiros com filhos.

– Não vou me apegar a Violet. – Estiquei-me para afastar as roupas de ursinho de pelúcia que havia comprado na Escócia. – Pode confiar em mim. Como está a Fashion Week em Paris?

– Achei que nunca fosse perguntar! – Ela falou sobre os designers e os desfiles por mais de uma hora, e, bem quando estava prestes a me contar sobre quanto o chefe novo dela era horrível, ele ligou para ela.

– É meu chefe. – Ela revirou os olhos. – Preciso ir.

– Até depois. – Fechei o notebook e fui para a sala de estar do avião, passando os dedos pelo P gravado em todos os móveis de madeira. Peguei minhas anotações para a próxima reunião e me joguei no sofá.

– Boa noite, senhorita Lauren. – Uma comissária de bordo com quem eu nunca tinha viajado antes entrou na cabine. – A senhorita vai querer algo para jantar?

– Sim. Pode ser o macarrão sem glúten com a salada litorânea? Se não, posso ver o cardápio sem glúten atualizado de hoje?

– O quê?

– O cardápio sem glúten – falei. – Se for o mesmo da última vez, vou querer a refeição normal completa.

Ela me olhou, confusa.

Hum. Vou precisar checar o que temos.

Segundos depois, ela voltou com uma salada chocha e uma tigela de maçãs cortadas.

– Sinto muito, senhorita Lauren. Não temos nada do que mencionou a bordo. Minha colega de trabalho disse que nunca teve nada disso nos nossos voos, mas é a primeira vez que trabalhamos para a Parker International, então pode deixar que numa próxima nós teremos.

– Tem certeza?

– Cem por cento – respondeu ela. – Temos uma cesta de chocolates com o seu nome nela, mas o recado do senhor Parker diz que é para lhe entregarmos só daqui a alguns dias. – Ela sorriu e me deixou a sós... e confusa.

Antes que pudesse segui-la e mostrar exatamente onde os cardápios sem glúten e as refeições estavam, meu motorista particular entrou na minha frente.

– Você comeu todas as refeições sem glúten, Will? – Sorri. – Podia pelo menos ter dividido uma comigo.

– De jeito nenhum, senhorita Lauren – falou ele, com uma cara que beirava o pânico. – É culpa minha elas não estarem a bordo hoje. Me desculpe.

– Como pode ser sua culpa? Deve ser só um engano do bufê.

– Não. – Ele balançou a cabeça. – O senhor Parker sempre pede suas refeições da Culinária em Outras Palavras antes de cada voo que você pega. É meu dever fazer a retirada uma hora antes de decolarmos e abastecer o jatinho, mas, como estávamos atrasados, não tive tempo de buscar.

Fiquei paralisada. Só existiam cinco matrizes da Culinária em Outras Palavras no país, e nenhuma delas era próxima de Nova York.

– Ele encomenda da costa oeste?

– Sim, senhorita.

– Toda vez?

– Exatamente – ele assentiu, e eu me reclinei no sofá.

– Por favor, não conte a ele sobre o meu engano – disse ele. – Ele ficaria bastante irritado se soubesse.

– Não vou. – Esfreguei a testa, completamente chocada.

– Mas me certifiquei de que todos os gerentes saibam que você vai estar na cidade, como o senhor Parker sempre faz, e eles vão fechar a loja assim que você chegar.

– Não sabia que o senhor Parker ligava de antemão. – Balancei a cabeça em uma negativa. Nunca tinha passado pela minha cabeça que as lojas estavam sempre praticamente vazias quando eu fazia compras fora do país por um motivo deliberado.

Ainda não terminei de enumerar tudo que já fiz por você.

As palavras de Preston durante nossa discussão ecoaram na minha mente, e pigarreei.

– Posso te fazer uma pergunta, Will?

– É claro.

– Por que o senhor Parker sempre dá aos funcionários executivos aquelas cestas de chocolate aleatórias? Não estou reclamando, mas elas também vêm de um bufê?

– O senhor Parker não dá nada aos funcionários executivos. – Ele sorriu. – Só para você.

– Como uma oferta de paz?

– Não – respondeu ele, inclinando a cabeça para o lado. Depois, como se estivesse envergonhado demais para dizer as palavras, baixou o tom de voz. – Lembro-me dele me dizendo que ajuda com o seu estresse durante... hum... um certo período do mês.

Meu queixo caiu e fiquei pálida. Sempre estive estressada demais para perceber o timing, pensando que os chocolates mensais eram outra "cortesia-padrão" para os executivos de nível C, já que eles sempre variavam.

– Will? – Olhei para ele.

– Sim, senhorita?

– Pode me dizer quais outras coisinhas o senhor Parker faz para seus assistentes executivos?

– Além de demiti-los ou fazê-los pedirem demissão? – Ele riu. – Não faço ideia.

Não, quero dizer que tipo de outras coisas ele costuma dar à pessoa nesse cargo. Tipo, transporte particular para reuniões de trabalho e para a empresa, e o que mais?

Ele arqueou uma das sobrancelhas.

– O senhor Parker geralmente fazia os assistentes executivos viajarem de primeira classe em voos comerciais, já que ele nunca sabia se a pessoa se demitiria no meio da viagem. – Ele deu de ombros. – Você é a primeira a usar o jatinho privado dele. E, sabe, agora que parei para pensar, os outros assistentes executivos nunca tiveram uma sala própria, muito menos uma no canto. Em geral, ficavam com uma mesa maior em uma sala compartilhada com os estagiários mais antigos. Ah, e levou anos de trabalho para que ele começasse a me dar benefícios. – Ele riu.

– Então não estou errada em presumir que meu desconto mensal no apartamento e os passes para shows da Broadway e coisa e tal não são a norma?

– De jeito nenhum, senhorita Lauren. – Ele pegou o celular e o entregou para mim, mostrando um e-mail de Preston, datado de mais de um ano atrás. – Ah, e a propósito, você nunca viu isso, ok? Me avise quando tiver terminado de ler. Talvez leve um tempo. – Ele piscou para mim e me deixou sozinha.

Assunto: Srta. Tara Lauren (favor confirmar leitura)
Prezada equipe de apoio,
Envio este e-mail já que vocês todos têm acesso diário, direto e consistente à minha nova assistente, Tara Lauren.
Como bem sabem, a esta altura, ela já durou mais do que qualquer assistente executivo que a antecedeu, e gostaria de prolongar essa parceria pelo máximo de tempo possível.
O trabalho dela já é estressante o bastante, então estou incluindo a lista de coisas que precisam ser feitas diária, semanal e mensalmente para garantir que ela não precise se estressar com mais nada...
Preciso que cada uma dessas tarefas seja seguida à risca. Do contrário...
Segue anexo.

Preston Parker
CEO e proprietário da Parker International

Abri o arquivo e vi que ele tinha oito páginas. Incluía desde a forma como eu gostava do meu café da manhã e do meu almoço às melhores horas para fazer minha lavagem a seco e o conserto dos meus saltos, passando pela garantia de que, se eu proferisse as palavras "preciso comprar isso", o que quer que fosse, seria comprado e guardado à mão, caso eu mencionasse de novo. Também revelava que havia um concierge no meu condomínio que praticamente só trabalhava para me atender. Todas as vezes que ele me dizia que eu parecia estressada e insistia que eu fosse a um "jantar em grupo no terraço com o chef mais cobiçado da cidade, de cortesia", nunca era pelo grupo. Era sempre por minha causa.

Quando cheguei ao final da lista, Will reapareceu.

– Isso responde à sua pergunta, senhorita Lauren?

– Sim – assenti, completamente embasbacada.

– Que ótimo. Gostaria de dar uma olhada nas listas atualizadas que ele nos mandou quando você fez um ano na empresa e depois dois ou não precisa?

VINTE E SEIS

Preston

Assunto: Reunião de hoje com os rep. de Londres + minha substituição (entrevistas?)

Só queria avisar que a rodada de reuniões de hoje foi bem (de nada). Em anexo, incluí minhas anotações para que você dê uma olhada.

Teve sorte com as entrevistas de hoje?

Tara Lauren
Assistente executiva de Preston Parker, CEO da Parker International

[reuniaolondresnotas.pdf]

Assunto: Re: Reunião de hoje com os rep. de Londres + minha substituição (entrevistas?)

Ouvi dizer mesmo (obrigado). Preferia que você enviasse uma foto em anexo.

Preston Parker
CEO e proprietário da Parker International

Assunto: Re: Re: Reunião de hoje com os rep. de Londres + minha substituição (entrevistas?)

Se quiser uma foto, vai ter que ser um pouco mais específico... [sorrisinho]

Tara Lauren
Assistente executiva de Preston Parker, CEO da Parker International

Antes que eu pudesse dizer a ela exatamente o que queria, George entrou na minha sala.

– Certo – falou ele. – Daqui a uma hora temos uma entrevista com uma antiga diretora na Universidade de Nova York, uma verificação de dados de mais um candidato que alega ter trabalhado na Toys R' Us e... – Ele parou de falar quando viu Violet brincando no chão.

Ela levantou o olhar do livro de colorir e sorriu para ele.

– Quer brincar?

Ele deu um passo para trás.

– Preston, o que é isso?

– Parece uma criança, George. Uma *menina*.

– Você me entendeu. – Ele piscou. – Por favor, não diga que precisa que eu lide com outro processo de paternidade, porque, pelo visto, ela sem dúvida alguma é sua mesmo, e você com certeza vai perder.

Sorri para ele.

– Ela é minha sobrinha, George. Te conto tudo durante o almoço.

A expressão no rosto dele foi de pânico a empatia.

– Ela te chama de tio Preston?

– Sim – ela respondeu por mim. – Ele mora no meu urso.

Olhei para ele com uma cara que dizia "não tenho ideia do que ela está falando", e depois para o Urso, que estava sentado na minha mesa "comendo" as cenouras dela.

– Podemos remarcar as entrevistas – falou George, sentando-se no chão, ao lado de Violet. – Elas não são tão importantes assim.

– Elas são, sim. Agora tenho menos de um mês para substituir Tara.

– Bem, o bom de contratar uma assistente como a senhorita Lauren é isso. – Ele pegou um giz de cera. – Ela fez o trabalho dela tão bem que você tem uma base bastante confortável para encontrar a pessoa certa. Além do mais, a família vem em primeiro lugar e, se quiser voltar a ter coração, já está na hora de aprender isso.

VINTE E SETE

Tara

– Seja bem-vinda, senhorita Lauren. – A comissária de bordo sorriu para mim quando voltamos a Nova York tarde da noite. Ela me entregou as sobras da minha cesta de chocolate, e uma pessoa me recebeu para levar minhas sacolas ao carro particular que estava à espera.

Will foi para trás do volante, e seus olhos encontraram os meus no retrovisor.

– Que bom estar em casa. É para eu te levar ao seu apartamento principal, senhorita Lauren?

– Aonde mais eu iria a esta hora?

– A lugar nenhum. – Ele sorriu. – Só estava perguntando.

Ele pegou a rodovia, e esperei alguns minutos para entrar em contato com Preston. Não podia acreditar, mas tinha sentido falta dele durante a viagem. Embora tivéssemos conversado todas as noites e ele tivesse me mandado mensagens que me deixaram molhada, ainda assim, queria que ele estivesse ali comigo.

Quero mesmo vê-lo hoje à noite...

Levei só dez minutos antes de ceder ao meu desejo, e vi que ele já havia mandado uma mensagem.

Preston: Já aterrissou?

Eu: Sim.

Preston: Quando vai me relatar as reuniões pessoalmente? Já li suas anotações, mas faltam as projeções.

Eu: Posso fazer isso hoje à noite mesmo, se precisar.

Preston: Preciso, sim. Estou no meu apartamento. Pode pegar o elevador interno.

– Will, mudança de planos. Pode me levar à residência do senhor Parker em Manhattan?

– É claro, senhorita Lauren.

Meia hora depois, subi com os arquivos e algumas sacolas pelo elevador de Preston.

Assim que as portas deslizaram para abrir, meu coração acelerou ao vê-lo na cozinha com uma camiseta branca e calça jeans. Estava sorrindo para Violet, entregando-lhe um saco de pipoca.

– Oi, Tara! – Ela correu para mim, derrubando pipoca pelo caminho. – Quer ver *Frozen* com a gente?

– Claro. – Coloquei as coisas no sofá e olhei para Preston.

– Achei que assistir duas vezes seguidas bastaria – falou ele. – Ela só quer saber de ver esse filme.

Olhei pela sala, chocada com a bagunça. Os brinquedos de Violet estavam por toda parte, e havia uma travessa de massa de cookie parcialmente assada sobre a mesa de centro. A mesa de trabalho dele estava ainda mais bagunçada, e precisei piscar algumas vezes para me certificar de que o que eu via era real. O Preston que eu conhecia teria chamado o serviço de limpeza assim que papéis demais se acumulassem nas suas coisas.

Violet viu a imagem de um ursinho de pelúcia no logotipo da minha sacola de compras e a puxou, sabendo que era para ela.

– Comprei uma coisinha para você durante a viagem. – Tirei a alça do pulso e a entreguei para ela.

Largando a pipoca, ela rasgou o papel e deu um gritinho ao puxar o primeiro conjunto de roupas.

– Roupinhas novas para o Urso!

Foi até o brinquedo sem abrir o restante das coisas, vestindo-o rapidamente em suas novas roupas azuis e rosa.

– Obrigado. – Preston veio até mim e me deu um beijo lento e intenso, esfregando minhas costas com gentileza. Não me soltou até que eu estivesse definitivamente ofegante e apertou minha bunda antes de se afastar.

– Você não tem nenhuma TV no apartamento – sussurrei para Preston. – Como estão assistindo?

– Mandei arrumarem um novo esquema alguns dias atrás, quando percebi quanto seria necessário. – Ele passou a mão pela minha cintura, deixando Violet tomar a frente pelo corredor a caminho da sacada.

Assim que colocamos o pé para fora, meu queixo caiu. No lugar dos móveis de couro luxuosos que antigamente ficavam ali, ele tinha instalado quatro fileiras de poltronas típicas de cinema, com vários sofás de couro extras. Os vidros que cercavam a sacada agora estavam reforçados com barras para a proteção de crianças, e a tela à minha frente parecia ter sido tirada de uma sala de cinema e colocada bem ali em sua residência.

– Sabe – falei –, uma pessoa normal teria apenas comprado uma TV.

– E foi exatamente por isso que não foi o que fiz.

– Quanto essa brincadeirinha custou?

– Menos do que paguei pela Sweet Seasons na sede da empresa.

– Seis dígitos?

– Sete.

Segurei uma risada.

– O que acontece se chover?

– A equipe de construção vem amanhã colocar nichos retráteis para a TV e os móveis. Também vou mandar construírem um dentro de casa, para os dias em que ela não quiser vir aqui fora. – Ele falou como se sua lógica fosse perfeitamente prática. – Ia pedir seu conselho, mas não queria te distrair das reuniões. Exagerei?

– Vindo de você? – Sorri. – Não, nadinha.

Violet se jogou numa poltrona na primeira fileira e se virou para olhar para nós dois.

– Dá play, tio Preston!

Ele riu e pegou o controle do bolso. Depois, levou-me à segunda fileira.

Apoiei a cabeça em seu peito enquanto o filme passava, e ele deslizou os dedos pelo meu cabelo.

– Quer dar uma olhada nas minhas anotações quando acabar? – sussurrei.

– Não. – Ele me deu um beijo. – Faremos isso amanhã.

– Xiiiiiu! – Violet se virou e olhou feio para nós dois. – O Urso não consegue ouvir. Tem que fazer silêncio.

Rimos e ela chiou para que nos calássemos de novo.

Assim que ela se virou, Preston me puxou para o seu colo e me beijou "em silêncio" pelo restante do filme.

De manhã, tomei banho na suíte máster enquanto um dos ternos de Preston era entregue diretamente na porta.

Dividimos o carro até a empresa – cada um cuidando dos respectivos e-mails e ligações perdidas enquanto Violet dormia na cadeirinha.

Com só mais algumas semanas restantes no nosso acordo, tentei lembrar a mim mesma de que isso era apenas temporário e que, quando chegasse a hora de pedir demissão da Parker International, nós dois voltaríamos a ser estranhos.

– Não pense nessas coisas. – Ele se inclinou e me beijou como se tivesse lido minha mente, apagando cada um dos meus pensamentos.

Caramba.

Nós nos separamos ao chegar ao andar dele, e eu lhe disse que faria o relato da viagem ao meio-dia.

Infelizmente, parecia que esse momento não chegaria nunca, já que era meu dia de fazer mais entrevistas de substituição, e não achava que encontraria alguém que fosse adequado nelas.

Respirei fundo e sorri para a terceira entrevistada, que estava sentada à minha frente.

– Pode me dizer por que gostaria de trabalhar para a Parker International?

– Bem, esta é minha segunda entrevista para esta posição, então estou torcendo para causar uma impressão melhor desta vez. – Ela olhou para a palma da própria mão.

– Hum... Ok, então. Bem, sei que está terminando sua formação em Direito, mas aqui consta que começou a trabalhar no setor de vendas da carro-chefe corporativa da Borders Bookstore antes de eles fecharem as portas. Pode me contar um pouco sobre esse seu cargo anterior?

– Era um trabalho *muito* bom. Pena que eles fecharam, sabe?

– Sim, mas você pode me dar alguns detalhes do que fazia lá?

– Hum, sim. Espere aí. – Ela ergueu a mão na altura do rosto. – Acho que foi aqui que eu me embananei da última vez. Só um minuto. – Ela começou a ler as palavras na mão em um volume alto o bastante para que eu as escutasse também. – Dizer algo sobre as vendas e as filiais. Não mencionar nomes nem nada específico, para que não façam perguntas específicas. Ver o currículo na outra mão. Não olhar muito para as mãos. – Ela abaixou a mão esquerda, depois olhou para a direita.

Belisquei meu braço para ter certeza de que isso estava mesmo acontecendo.

– Ok. – Ela pigarreou. – Adoraria discutir meu emprego anterior se, e apenas se, eu receber a chance de fazer uma segunda entrevista. A esta altura, meu currículo fala por si só.

Eu a encarei, tentada a dizer o que Preston diria se estivesse ao meu lado.

Saia do meu escritório. Agora.

– Vou entrar em contato – falei, levantando e oferecendo-lhe uma das mãos.

– Minha nossa, jura? – Ela sorriu. – Sabia que eu chegaria à segunda etapa desta vez! – Ela apertou minha mão e saiu da sala.

Assim que a porta se fechou, risquei o nome dela da minha lista. Com ainda meia hora até o meio-dia, decidi checar outro candidato, mas vi que tinha recebido um e-mail de lamento.

Assunto: Agradecemos o aviso (AveryCon)

Srta. Lauren,

Obrigado por ter enviado uma carta tão atenciosa em resposta à nossa oferta de emprego. Lamentamos não trabalhar com você pela próxima etapa da sua carreira, mas, sinceramente, desejamos o melhor à senhorita.

Max Reynolds

CEO da AveryCon

Mas o que é isso?

Não tinha mandado nenhuma carta de rejeição. Comecei a dizer a eles que era um engano, mas outro e-mail pesaroso chegou à minha caixa de entrada, desta vez para uma firma à qual eu havia feito uma entrevista na semana anterior. Levei cinco segundos para checar minha caixa de saída e perceber o que tinha acontecido.

Que raiva! Preston.

Saí do meu escritório e entrei no dele, mas ele não estava à mesa. O notebook estava aberto, e o café ainda fumegava no copo.

– Preston? – chamei.

Nenhuma resposta.

Confusa, fui até a suíte privada e o encontrei na cama, dormindo ao lado de Violet, que roncava baixinho sobre seu peito.

Queria acabar com a raça dele, mas achei que seria injusto, já que ele estava dormindo, então apaguei as luzes. Puxei um cobertor por cima dos dois e, antes que eu pudesse ir embora, Preston segurou meu pulso.

Abrindo os olhos, ele me encarou por um tempo e, depois, levantou-se devagar.

– Obrigada pela longa pausa para o almoço – disse Cynthia, entrando no quarto. Ela viu nossas mãos dadas e inclinou a cabeça para o lado.

Preston não fez menção de me soltar. Beijou a testa de Violet e sussurrou para Cynthia que nós dois iríamos discutir algo importante.

– Não me ligue a menos que seja uma emergência – ele disse.

Levou-me para fora da suíte, de volta ao escritório, e trancou a porta depois de passarmos.

– Estou puta com você agora – falei.

– Que baita novidade. – Os lábios dele encontraram os meus em questão de segundos, e meus braços foram para o seu pescoço. Envolvendo minha cintura, ele apertou minha bunda e me levantou contra seu corpo, levando-me até a mesa.

– Espera – eu disse, afastando-me dele. – Por que hackeou meu e-mail para enviar cartas de rejeição?

– Pela enésima vez, hackear dá a entender que eu não sei sua senha. – Ele sorriu, passando um dedo pelos meus lábios. – Embora eu goste da sua nova senha, *sexocomomeuchefe*, muito mais do que a anterior.

– Você disse que não tinha problema se eu quisesse me demitir.

– Eu *nunca* disse isso.

– Você entendeu... Por que enviaria uma carta de rejeição à AveryCon sem me avisar?

– O CEO da AveryCon está prestes a ser processado com acusações de fraude. Você não precisa de um navio afundando no seu currículo depois de ter trabalhado para uma empresa excelente.

– E a Empresa H? O senhor Horford vai ser processado por fraude também?

– Não. – Ele sorriu. – Dele eu só não gosto.

– Meu Deus... – Tentei empurrá-lo, mas ele me manteve presa no lugar.

– Ele tem má reputação, Tara.

– Você também tem.

– Antes de você, eu nunca tinha dormido com uma funcionária e também nunca demiti ninguém porque ela não concordou em dormir comigo.

Não respondi nada.

– Não mandei recusas a nenhuma outra empresa. – Ele parecia estar falando sério. – Só para essas duas.

– Jura?

– Juro. – Ele me deu um beijo na testa e esfregou minhas coxas, fazendo com que eu perdesse a fala quase instantaneamente. Deslizando as mãos para entre minhas pernas, sorriu quando percebeu que não tinha uma calcinha para ele arrancar.

Agachando, levantou lentamente minha saia e beijou minha pele. Depois, foi para trás e sentou-se na poltrona. Abaixando-se, de modo a ficar mais baixo do que o nível da mesa, não tirou os olhos de mim.

– Senta na minha cara – pediu ele.

– Aqui?

– Isso. – Olhou nos meus olhos. – Aqui.

Nem me deu a chance de pensar duas vezes. Agarrou meus quadris e me puxou para a frente.

– Segura na estante.

Fiz como ele mandou, segurando na madeira e me posicionando em cima dele. Sem dizer outra palavra, ele segurou minha bunda e me manteve parada ao enfiar a cara na minha boceta.

Gemi quando sua língua brincou com os meus lábios.

– Ai, cacete...

Ele chupou meu clitóris devagar, colocando-o para dentro e para fora da boca, forçando-me a segurar a estante com as unhas.

Fechando os olhos, joguei a cabeça para trás enquanto ele continuou seu ritmo frenético. Não consegui focar em nada além da pressão que se espalhava por entre as minhas coxas, a sensação de sua boca controlando o meu prazer.

– Espera... Vai com calma... – Senti minha boceta pulsando em sua boca. – Preston...

Ele grunhiu e me deu um tapa na bunda, sem me obedecer.

– Ai... ai... – Arqueei as costas e tentei me segurar mais um pouco, mas não foi possível.

Meu orgasmo veio rápido e forte, e me segurei com firmeza na estante enquanto meu corpo convulsionava como nunca.

Acariciando a lateral do meu corpo com gentileza, ele esperou até que eu tivesse parado de tremer para me ajudar a descer. Sorrindo, colocou-me sobre a mesa, pressionando as mãos contra minhas pernas bambas.

– Podemos voltar para a sua suíte e passar um tempinho deitados?

– É claro que não. – Ele sorriu. – Agora vamos resolver aquela fantasia sobre a qual me contou no telefone.

VINTE E OITO

Preston

Transar com Tara era incessante e fora de controle. Também era uma parte nova da minha rotina diária e meu momento favorito do dia. Cada vez era ainda mais satisfatória do que a anterior, e, embora parecesse que estávamos correndo atrás do tempo perdido nos últimos dois anos, uma parte de mim queria que pudéssemos voltar e recomeçar.

– Tudo bem? – Acariciei seu cabelo quando ela se inclinou contra mim na suíte máster. Suas pernas estavam enroladas na minha cintura, e sua bunda pressionada contra a pia.

– Sim, mas desta vez tenho de ir – falou ela, corando. – Preciso arrasar na entrevista que tenho amanhã e me preparar por pelo menos duas horas.

– Já é sua sexta entrevista para um cargo de assistente executiva. Achei que quisesse trabalhar por conta própria.

– E eu quero, mas preciso começar de algum lugar. De algum lugar que não seja onde você está.

– Humm. – Beijei seus lábios e lentamente me tirei de dentro dela, jogando a camisinha no lixo. – Posso te ajudar a se preparar para amanhã, se quiser.

– Era isso que deveríamos estar fazendo.

– Pode passar a noite aqui, então.

– Tentei fazer isso ontem e acabamos transando na sua lavanderia, Preston.

– E daí?

Ela riu e me beijou, gesticulando para que eu pegasse seu vestido no chão.

– Volto mais tarde se tiver terminado.

– *Se?*

– Sim, *se*. Isso significa: *se* Preston não me mandar um monte de mensagens safadas para me distrair do meu trabalho.

– Prometo só começar a mandá-las daqui a quatro horas.

– Obrigada.

Peguei na mão dela e a levei ao elevador, dando um último beijo para lembrá-la de voltar. Depois, dei uma olhada em Violet uma última vez antes de ir para o escritório.

Sem querer trabalhar mais naquele dia, encontrei a carta do meu irmão nas minhas coisas, mas desisti logo em seguida, largando-a. Em vez dela, puxei o envelope de documentos de Violet, espalhando-os sobre a mesa.

Folheei seu passaporte e vi que ela já tinha quatro páginas de selos. França, Grã-Bretanha, Tailândia, Austrália, México, Japão e vários da República Dominicana.

Não sabia que Weston viajava tanto.

Reli o histórico hospitalar dela, marcando sua data de nascimento no meu calendário. Passei o olho por um álbum de fotos em miniatura, ignorando a dor no peito ao me deparar com uma de Weston ajudando-a a subir em um cavalo. Ele a levando nos ombros. Ele e uma morena bonita com Violet sorrindo no fundo.

Enquanto eu abria o armário de licor, ouvi o som das portas se abrindo e se fechando. O som de coisas caindo no chão.

Levantando-me, fui até o corredor e congelei. Violet estava chorando em frente ao meu segundo quarto de visitas com o Urso na mão.

– Violet? – Agachei-me até ficar no nível dos olhos dela. – O que foi?

– Não acho minha mamãe e meu papai. – Lágrimas escorreram por seu rosto. – Me ajuda?

Puxei-a para perto enquanto ela chorava mais e mais.

– Tudo bem, Violet. Tudo bem. – Eu a peguei e a levei para o meu quarto.

Apagando as luzes, puxei as cobertas e a coloquei na cama ao lado do ursinho.

– Sinto muito mesmo, Violet – sussurrei, secando suas últimas lágrimas. – Vou fazer o melhor que posso para cuidar de você, está bem?

– Sei, porque você mora no meu urso. – Ela me deu um sorrisinho.

– O que quer dizer com isso, Violet? – Pensei que, a este ponto, ela já teria parado de dizer essa frase estranha, mas ainda a mencionava ao menos uma vez no dia. – Por que acha que moro no seu urso?

– Vou te mostrar. – Ela se sentou na cama e pegou o Urso, virando-o e abrindo o zíper em suas costas. Dali, tirou um livretinho azul que dizia *Família da Violet: pessoas que me amam* e o abriu.

Na primeira página, estava uma foto belíssima da minha mãe e do meu pai na nossa casa antiga.

– Esta aqui é a vovó Rose. – Ela apontou para minha mãe e sorriu. – Eu tenho o nome de flor dela no meu também. – Depois, apontou para o meu pai. – E esse é o vovô P. Eles moram nas nuvens agora.

Ela virou mais algumas páginas dos meus pais até chegar em uma foto do meu irmão e sua noiva.

– Esta é minha mamãe e meu papai. Eles moram nas nuvens agora também.

Por fim, virou até a última página do livro, onde havia duas fotos minhas, imagens das minhas capas para a *Senhor Nova York*.

– Este é meu tio Preston, que é você. Viu só? Você mora no meu ursinho. – Ela me olhou. – Tio Preston, você tá chorando?

– Não.

– Seu olho tá molhado.

– Não está, não, e não estou chorando.

– Tá com cara de choro. – Ela me abraçou. – Tá tudo bem, tio Preston. Eles moram nas nuvens agora.

VINTE E NOVE

Tara

O FINAL AMARGO

– Não está feliz por não ter pedido demissão, querida? – Minha mãe sorria para mim quando eu a encontrei no aeroporto algumas semanas depois. – Pode falar que eu tinha razão o tempo todo.

– O quê? Mas você não podia estar mais errada. Acabei de te dizer que me demiti, e meu último dia é sexta.

– Bem, uma hora ou outra você vai se arrepender, Tara. Nada de bom na vida vem a quem desiste.

Balancei a cabeça e fiz sinal para o carro particular. A única coisa de que me arrependia era de tê-la convidado para passar um fim de semana inteiro comigo em Nova York. Já que Preston estava levando Violet para o Disney World no aniversário dela e Ava começaria em outro trabalho, tive a ideia de lhe mostrar pessoalmente a cidade, que ela ainda não conhecia.

Sabia que eu deveria ter esperado mais alguns meses.

– Boa tarde, senhorita Lauren. – Will saiu do carro e abriu a porta de trás para nós duas. – Boa tarde, senhora Lauren.

Minha mãe sorriu e seguiu para entrar primeiro no banco de trás.

– Você tem um itinerário planejado, Tara?

– Sim, mas só começa amanhã. Tenho que tirar algumas coisas do meu escritório hoje e preciso estar no meu apartamento por pelo menos duas horas.

Ela me encarou por alguns segundos.

– Seu chefe era mesmo ruim assim, querida? Tem certeza de que não é só coisa da sua cabeça?

– Não é só coisa da cabeça dela – falou Will, sorrindo para mim pelo retrovisor. – Confie em mim.

Falei um "obrigada" para ele pelo retrovisor, em silêncio, para que minha mãe não ouvisse, e ele deu uma piscadinha para mim.

– Bem, então tá – disse minha mãe, parecendo, enfim, aceitar.

Comecei a mudar de assunto, a perguntar se havia algo em particular que ela queria comer, mas ela logo me lembrou de que não aceitava nenhum tipo de desistência.

– Olha só o Bill Gates! – Ela se virou para mim. – Ele nunca desistiu.

– Ele largou a faculdade.

– O Steve Jobs nunca desistiu de nada.

– Ele também largou a faculdade.

– E a Ellen DeGeneres...

– Só durou um semestre na faculdade.

– Bem, são só três exemplos. – Ela pegou o celular. – Deixa eu procurar pessoas que você pode admirar para repensar sua decisão.

Olhei pela janela e reprimi a vontade de bufar de exaustão sobre o assunto.

Quando chegamos ao meu apartamento, minha mãe já tinha lido para mim a biografia de mais de oitenta pessoas "do mundo dos negócios" que não desistiram, e eu não tinha energia suficiente para falar que 1) nenhuma daquelas pessoas sequer estava viva e 2) metade delas eram personagens fictícios de livros de sucesso mundial.

O porteiro sorriu para nós ao nos deixar passar, e ela, enfim, abandonou aquele papo. Dei uma olhada na minha caixa de correio e vi que ela estava abarrotada com cartões-postais lindos, todos dos funcionários da Parker International.

Querida srta. Lauren,
Por favor, não nos deixe com ele.
Obrigada.

Querida srta. Lauren,
Posso ir com você? (Tipo, só eu mesmo.) Não acho que meu trabalho seja seguro sem você por perto.
Valeu

Querida srta. Lauren,
Seu chefe está mais do que disposto a te manter na empresa.
Pelo menos, foi o que chegou a mim.
Preston Parker

Ri e li o restante delas, percebendo que, para cada recado de um estagiário, havia mais cinco de Preston. Por mais que estivesse tocada pelo gesto e por mais que gostasse de ficar ao lado dele, sabia que seria melhor se trabalhássemos separados.

Só torcia para que ele se sentisse como eu em relação a manter nossas vidas pessoais atreladas.

– Nossa. – Minha mãe girou pelo saguão. – Quanto é que isso aqui custa por mês? Na verdade, deixa para lá. Não me conta. Não quero saber.

Ri e apertei o botão do elevador para subir.

– É caro, mas meu chefe cobre a maior parte.

– E ele vai continuar cobrindo mesmo depois de você se demitir?

– Não sei ao certo. Não perguntei. – Eu sabia que, mesmo que ele não mantivesse o desconto, eu tinha mais do que o suficiente no banco para arcar com as despesas por um tempinho.

Ao pegarmos o elevador, minha mãe se inclinou para a frente e me abraçou, pegando-me completamente desprevenida.

– Seu pai estaria muito orgulhoso se te visse agora, sabia?

– Mesmo depois de eu desistir?

– Com certeza. – Ela sorriu. – Seu pai era o maior desistente que conheci. Por que acha que te pressionei tanto para ser o oposto disso?

Ri e a soltei quando o elevador parou no meu andar. Quando as portas se abriram, mostrei a ela a sala de spa à esquerda, e, quando fomos em direção às portas que levavam à entrada do meu apartamento, Preston se afastou da parede e sorriu para mim.

– Você não me disse que tinha um namorado. – Minha mãe se abanou, fingindo estar com calor. – Quem é ele?

– Sou Preston Parker – disse ele, estendendo a mão. – Peço desculpas por tudo que a senhora teve de ouvir a meu respeito nos últimos dois anos, e é um prazer conhecê-la enfim, senhora Lauren.

– O quê? – Minha mãe arregalou os olhos ao cumprimentá-lo. – Tara, *ele* é o seu chefe?

– O chefe horrível que ela odeia. – Ele sorriu, corrigindo-a.

Ela ficou sem fala, ainda balançando a cabeça enquanto o encarava.

Esperei que ela soltasse a mão dele, mas parecia que isso não estava nem perto de acontecer.

– Mãe? – Pigarreei. – *Mãe*.

– Ah, me desculpe. – Ela por fim a soltou, mas continuou encarando-o.

Preston riu e me puxou para um abraço.

– Como sua mãe chegou a Nova York?

– De avião, é claro.

Ele arqueou uma das sobrancelhas.

– Ela pegou um voo de classe econômica?

Assenti.

– Por quê?

– Porque é assim que nós, pessoas normais, nos transportamos.

Rindo, ele me soltou.

– Podia ter usado um dos meus.

– Ainda não acho que você precise mesmo de *quatro*.

– E é por isso que tenho *cinco*. – Ele sorriu. – Ela está mais do que convidada a pegar um jatinho particular na viagem de volta.

– Posso usar um deles quando começar no meu emprego novo?

– Só se viajar para me ver. – Ele parecia tentado a me empurrar contra a parede e me beijar, mas felizmente se conteve na frente da minha mãe.

– Tara, esse é que é o seu chefe? – repetiu minha mãe. – Pensei que tinha dito que odiava tudo nele.

– Odeio mesmo. – Olhei para ele. – Achei que você ia ao Disney World.

– Nós íamos, mas certa pessoinha começou a chorar porque queria que Tara viesse junto – falou ele. – Não, erro meu. O *Urso* queria que Tara fosse com a gente. Estão esperando no carro com Simon.

Sorri.

– Bem, eu adoraria ir, mas podemos deixar para outra hora? Estou esperando algumas coisas chegarem do escritório, e minha mãe quer conhecer Nova York.

– Estou aberta a ir ao Disney World – interrompeu minha mãe. – Hoje mesmo. Com ele. Quando quiserem.

Segurei uma risada, e Preston segurou minha mão.

– Vou pedir ao Will que fique de olho na entrega das suas coisas – disse ele. – Precisa buscar algo lá dentro antes?

– Não acredito que está me perguntando se eu quero fazer as malas *antes* de viajar.

– É só responder sim ou não, Tara.

– Não – falei. Depois, em alemão, acrescentei: – Eu me lembro do meu chefe dizendo que me compraria o que eu quisesse quando chegássemos lá. Será que a oferta ainda está de pé?

– Você tem sorte de a sua mãe estar aqui do lado agora – respondeu ele, num alemão perfeito. Depois, em inglês: – Ótimo. Podemos ir agora. A menos que a senhora Lauren precise de algo do seu apartamento ou queira fazer um tour nele antes de partirmos.

– Posso ver como é lá dentro quando voltarmos. – Ela começou a andar em direção ao elevador, e nós dois rimos ao segui-la.

Quando entramos, ele aceitou uma ligação no celular, e minha mãe cutucou meu ombro.

– Retiro o que disse sobre a demissão – sussurrou ela. – Com um chefe desses, ainda mais alguém que tão claramente gosta de você, você nunca, jamais, deveria se demitir. É tarde demais para pedir o emprego de volta?

207

TRINTA

Preston

Fiquei olhando para Tara adormecida ao lado de Violet enquanto o avião deslizava pela pista. Ela estava com o Urso em uma mão e um pacote de pirulitos do Mickey Mouse na outra. Ao contrário de mim, ela não tinha problema algum para limitar a ingestão diária de doces de Violet, e estava mais do que feliz por ela ter ido junto.

O último dia de trabalho dela seria na próxima sexta-feira, e, embora não estivesse cem por cento convencido pela ideia de seu sucessor, estava oficialmente convencido pela ideia de nós dois. Assim que a festa de despedida dela acabasse, estava determinado a perguntar a ela se poderíamos continuar o que quer que estivesse rolando entre nós dois pelas últimas semanas.

Não tinha interesse algum em sair com outra pessoa e sabia, sem dúvida alguma, que o sentimento que eu tinha por Tara ia muito além de sexo.

— É tarde demais para ela ter o emprego de volta? — A mãe dela entrou na cabine. — Pode me falar, e eu dou um jeito de fazê-la mudar de ideia.

— Ela tomou a decisão certa. — Olhei para Tara de novo. — Já estava na hora de ela ir em outra direção.

— Acha mesmo que ela tem potencial para ser procuradora-chefe?

— Não — respondi com sinceridade. — Acho que ela tem potencial para ser CEO. Qualquer outra coisa seria um desperdício.

Ela sorriu e pegou uma tigela de maçãs.

— Sabe, o sono dela não é nada pesado, e ela odeia grandes declarações. — A mãe dela olhou para mim como se estivesse lendo minha mente. – Diga a ela como se sente agora. Quer dizer, é o que eu faria no seu lugar.

– Não tenho ideia do que está falando. – Sorri. – Somos apenas amigos, e ela era minha funcionária.

– Passei os últimos três dias com você, e este é o único momento em que vocês não estão se tocando. – Ela me lançou um olhar significativo e dirigiu-se para a suíte de trás. – Vocês são muito mais que amigos.

Quando a porta se fechou, pensei em acordá-la e pedir que fosse comigo à suíte dianteira, mas meu celular vibrou na mesa com um e-mail de George.

Assunto: Recomendação de Tara Lauren
Preston,
Por favor, não me diga que deu a Tara recomendações para seu próximo emprego.

George Tanner
Procurador-chefe, Parker International

Assunto: Re: Recomendação de Tara Lauren
É claro que dei. Foi um prazer fazer isso. Inclusive, eu mesmo escrevi a última carta de recomendação.

Preston Parker
CEO e proprietário da Parker International

Assunto: Re: Re: Recomendação de Tara Lauren

Agora não é uma boa hora para brincar comigo, Preston. Estou falando sério. Muito, muito sério. Não há o mínimo traço de um sorriso no meu rosto.

George Tanner
Procurador-chefe, Parker International

Assunto: Re: Re: Re: Recomendação de Tara Lauren
Igualmente. (A propósito, você podia só ter dito "não estou sorrindo".)

Preston Parker
CEO e proprietário da Parker International

Assunto: Re: Re: Re: Re: Recomendação de Tara Lauren
Então você pessoalmente a recomendou para ser conselheira-geral interina? Bacana. Muito legal da sua parte. O único problema é a empresa em que ela vai atuar.

Favor ver anexo.

George Tanner
Procurador-chefe, Parker International

Abri o anexo e perdi o chão.
Mas que porra é essa?

TRINTA E UM

Tara

– Um brinde à melhor assistente executiva na história da Parker International! – Cynthia levantou um copo de champanhe. – Tara Lauren!

Todo mundo na sala gritou e bebeu seus drinques, e eu dei meu melhor sorriso. Por enquanto, já havia tido músicas de despedida, um poema em grupo chamado "Não, não vá embora, Tara" e um tipo de dança dramática chamada "É sério, por favor, não vá embora, Tara".

Por alguma razão, Preston não estava ali, e, desde que voltamos do Disney World, ele esteve irritadiço. Como se estivesse incomodado com alguma coisa.

Provavelmente é porque os Von Strum ainda não assinaram o contrato.

– Obrigada a todos vocês pela festa – falei, ficando de pé em uma cadeira. – Significa muito para mim e, embora esteja deixando a empresa, vou fazer o melhor possível para dar uma passadinha e tomar um café da Sweet Seasons e fofocar com vocês quando for possível. – Fiz uma pausa. – Bem, com alguns de vocês.

Todos riram.

– Por favor, deem ao meu sucessor, Taylor, todo o apoio de que ele precisar.

– Qual é o nome verdadeiro dele? – perguntou Cynthia.

– Taylor.

Todo mundo na sala riu, exceto Taylor e eu, então dei de ombros e desci da cadeira.

Peguei o celular e mandei um e-mail para Preston.

Assunto: Minha festa de despedida
Você está perdendo.

Tara Lauren
Assistente executiva de Preston Parker, CEO da Parker
International
* Favor enviar solicitações ao novo assistente, Taylor
Milton, em taylormilton@parkerhotels.com

Assunto: Re: Minha festa de despedida
Eu sei.

Preston Parker
CEO e proprietário da Parker International

Assunto: Re: Re: Minha festa de despedida
Aconteceu alguma coisa? Pode me contar. (Você passou
a semana inteira estranho.)

Tara Lauren
Assistente executiva de Preston Parker, CEO da Parker
International
* Favor enviar solicitações ao novo assistente, Taylor
Milton, em taylormilton@parkerhotels.com

Ele não respondeu, e, quando o terceiro bolo foi finalizado e a última música tocou, meus colegas de trabalho começaram a ir embora.

Esperei até só restarem algumas pessoas e fui até o escritório dele.

– Só um minuto. – Cynthia entrou na minha frente. – Queria me desculpar pelo modo como te tratei quando chegou aqui. Você não merecia aquilo.

Sorri.

– Aceito suas desculpas.

– Eu também queria te agradecer por ter me recomendado como babá interina da Violet. Agora que estou noiva, foi um presente de Deus arrumar um trabalho menos estressante. – As bochechas dela coraram como de costume quando estava prestes a me pedir algo. – Queria saber se você poderia pedir ao senhor Parker para eu ser babá definitiva, já que ele tem entrevistado três pessoas por dia e ainda não encontrou ninguém.

– Por que você mesma não pede a ele?

Ela me olhou como se eu tivesse dito algo absurdo.

– Tá brincando, né?

Dei de ombros.

– Aposto que ele levaria em consideração. Você fez um ótimo trabalho até agora.

– O senhor Parker não leva nada em consideração, nem mesmo qual gravata usar, sem pedir sua opinião antes. Toda vez que digo que tem alguém na linha com uma proposta, ele me pede que você dê uma olhada antes. Ele sequer fica sabendo as que você recusa.

– Com a Violet é diferente, Cynthia...

– Não. – Ela balançou a cabeça. – Não é, não. E você sabe que, quer continue trabalhando aqui ou não, ele vai continuar pedindo sua opinião para as tomadas de decisão.

Ele de fato mencionou isso algumas semanas atrás.

– Ok, vou dizer a ele que deveria te considerar, mas Violet é quem dá a cartada final.

– Obrigada – disse ela. – Uma última coisa, senhorita Lauren. Eu já te contei que o senhor Parker descobriu sobre nossa aposta?

– Não. Ele fez vocês cancelarem?

– De jeito nenhum. – Ela sorriu. – Ele entrou.

Era de imaginar.

– Bom saber. Por que está me contando?

– Porque ele ganhou. – Ela sorriu e foi em direção à porta. – Ele disse que você duraria ao menos dois anos. – Ela me desejou boa sorte uma última vez antes de sair.

Parei na minha mesa e peguei uma caixa de arquivos para Preston antes de ir para a sala dele.

Surpreendentemente, ele não estava ao telefone nem no meio de uma reunião. Estava só sentado à mesa, encarando o nada.

– Ei. – Entrei e fechei a porta. – O que foi?

Ele não respondeu. Olhou para mim de cima a baixo como sempre, deixando um sorriso cruzar seus lábios, mas não durou muito.

– O que foi, senhorita Lauren? – perguntou ele.

– Bem, estou com tudo de que vai precisar para a última reunião com o senhor Von Strum. – Coloquei minha caixa em cima da mesa e peguei um pacote de canetas. – Não se esqueça de levar estas aqui quando for, não uma daquelas suas canetas superfaturadas, porque você sabe como ele odeia ostentação de riqueza. E, ainda em relação a isso, escolha um lugar razoável para levá-lo para jantar.

– Certo. Mais alguma coisa?

– Sim. – Peguei um fichário com divisão de cores que dizia *A lista do "Agora é com você"*. – Ensinei até que bastante coisa ao Taylor nestas últimas semanas, mas sei que ele vai levar mais tempo para pegar o jeito da coisa, então, sempre que sentir que precisa de uma segunda opinião ou quiser que algo simples seja feito, dá uma olhada aqui antes de pensar em demiti-lo, ok?

Ele pegou o fichário, mas não disse nada.

– Coloquei algumas cópias extras na sua mesa e em outros lugares do escritório que você frequenta – falei, sorrindo. – Ah, e só queria dizer que, embora os primeiros dois anos tenham sido difíceis para mim, estas últimas seis semanas foram incríveis. Espero que a gente possa continuar se vendo com a mesma frequência, mesmo eu trabalhando em outro lugar, sabe?

– Não, não sei – respondeu ele. – Queria dizer que sinto o mesmo em relação a você, mas não é verdade. E, depois que sair da empresa hoje, não quero ver você nunca mais.

– O quê? Por quê?

– Porque não quero expor Violet ao seu comportamento traiçoeiro.

– Isso é algum tipo de retrospectiva? – Abri um sorriso. – Pode ter certeza de que tem chocolate no seu café, e já falei ao Taylor inúmeras vezes sobre como você faz questão de bebê-lo em determinada temperatura.

– Não tem a ver com o chocolate no café – falou ele, com voz tensa. – Tem a ver com você me apunhalando pelas costas de todas as formas possíveis.

– Preston, do que está falando?

– Você me disse que suas duas maiores escolhas para o próximo emprego eram a LimeCorps e o Tate-Hills. Disse que, depois de trabalhar com qualquer uma das duas por um ano, iria trabalhar sozinha. Você não me disse porra nenhuma sobre o Marriott.

Suspirei. Estava guardando a conversa para a hora do jantar.

– Você faz ideia do quanto isso é errado? – perguntou ele, encarando-me.

– É só um cargo interino de um ano – falei. – A oferta deles foi a melhor das três, e eu ia, sim, te contar.

– Quando? No seu primeiro dia trabalhando naquela merda do caralho?

– Preston...

– De todos os lugares nesta cidade que poderia escolher depois de trabalhar para mim, certamente você entende que isso causa um conflito de interesses pessoal *e* profissional. – Ele estava falando tão alto que eu mal conseguia articular uma palavra. – Você acabou de pedir demissão da rede de hotéis de luxo número um para trabalhar na rede de hotéis de luxo número dois. Você era meu braço direito, minha confidente, meu *tudo*. – Ele deu um soco na mesa. – O que acha que o comitê de diretores deve estar pensando sobre a concorrência agora, depois de te contratarem?

– Você sempre disse que eles não eram concorrência para você.

– *Não* são. – Ele ficou de pé. – Não para mim, pelo menos. *Eu* sou concorrência para eles. Não acha que eles vão te perguntar sobre tudo o que aprendeu aqui nos últimos dois anos?

– Vou atuar como conselheira-geral. Não estarei envolvida nas decisões cotidianas do CEO, e só escolhi lá para adquirir mais experiência em liderar uma empresa. Uma empresa *diferente* – falei, tentando manter a voz num tom calmo. – E, se precisa mesmo saber, eu, por acaso, gosto de trabalhar no ramo de hotéis.

– Então você pode continuar aqui para fazer a merda do trabalho – disse ele entredentes. – Eu te disse que daria o que quisesse para ficar. *Qualquer coisa.*

– Com todo o respeito, preciso aprender as diversas camadas do ramo e de outro tipo de liderança. Não posso mais trabalhar para você de jeito nenhum. Não passou pela minha cabeça que isso...

– Pelo visto, *nada* passou pela sua cabeça – interrompeu-me ele. – Se tivesse me dito que estava considerando se candidatar lá, eu teria falado que o CEO não passa de um mentiroso e que o que quer que ele tenha te prometido não vai acontecer. Também teria contado que não tem a menor chance de eu continuar saindo e dormindo com você à noite enquanto você conversa com ele todos os dias.

– Eu gostaria muito que me desse a chance de me explicar – falei, estreitando os olhos para ele. – Isso não é nada do que está pensando, e agi com a diligência necessária para garantir que não haja um conflito de interesses.

– Virou um conflito de interesses assim que você fez uma entrevista com eles e não me avisou – falou ele, tensionando o maxilar. – Sai da minha sala. Agora.

– Como é?

– *Sai da minha sala agora* – repetiu ele, desta vez com mais grosseria. – Aposto que você tem um escritório no Marriott onde pode perder seu tempo falando sobre tudo o que não passou pela sua cabeça ao aceitar esse cargo. Pra mim já chega.

– *Preston...*

– Acabei não chamando a segurança no dia em que nos conhecemos. – Ele pegou o telefone. – Quer que eu compense agora?

– Eu *duvido.* – Estava a segundos de perder a cabeça. – Se você parasse de falar por um segundo, por uma única vez na vida, para finalmente ouvir outra pessoa além de si mesmo, veria que estamos dizendo a mesma coisa. Eu quero, *sim*, trabalhar sozinha.

– Mas não antes de trabalhar para o Marriott, né? Foi por isso que não me contou?

– Não te contei porque eu sabia como você iria reagir.

– Então sabia que *isso* ia acontecer uma hora ou outra? – Ele apertou um botão no celular, ainda olhando para mim. – Preciso que alguém tire a senhorita Lauren da minha propriedade. Imediatamente. E, aproveitando, a partir de agora ela é *persona non grata* em todos os meus hotéis. Certifiquem-se de que minha equipe de funcionários que trabalha nos bufês de café da manhã tenha plena noção disso, só para o caso de ela aparecer por lá de novo.

Balancei a cabeça.

– Obrigada por me mostrar que você continua sendo exatamente quem era quando comecei a trabalhar aqui. E obrigada por me mostrar que estas últimas seis semanas não significaram nada para você.

– A porta está logo atrás de você. Não precisa falar para sair por ela.

– Eu garanto que nunca mais vou falar com você.

– Então por que seus lábios continuam se mexendo?

Joguei a caixa na mesa dele e dei o fora do escritório. Peguei o elevador e desci até o saguão, sem me dar o trabalho de dar uma última olhada na minha sala ao canto.

TRINTA E DOIS

Tara

Assunto: Primeiro dia e emenda
Sr. Greywood,
Se possível, eu gostaria de dar início ao meu novo
cargo como sua conselheira-geral nesta semana em vez
de na próxima.

Atenciosamente,
Tara Lauren
Marriott International

UMA SEMANA DEPOIS...

TRINTA E TRÊS

Preston

O restaurante medíocre onde eu estava sentado no momento me lembrou de por que costumava evitar lugares assim o máximo possível. Os garçons eram todos alunos de ensino médio que tinham muito mais interesse em conversar uns com os outros do que em anotar meu pedido, a cozinha praticamente não tinha nada do que eu queria comer, e, com base no brilho dos olhos da gerente e na forma como acenava para mim do outro lado do restaurante, ela estava com o *Page Six* aberto no celular.

Só quero acabar logo com essa merda.

Esperei até a "sobremesa", que consistia em pacotinhos de sanduíches de sorvete, ser servida para colocar os contratos sobre a mesa.

– A senhorita Lauren vai se juntar a nós nesta ocasião? – O sr. Von Strum abriu um sorriso para mim do outro lado da mesa. – Estava torcendo para vê-la uma última vez.

– A senhorita Lauren é uma traidora oficial da Hotéis Parker International e não estará presente em nenhuma reunião daqui em diante.

– Como?

George me chutou por baixo da mesa.

– O que ele quis dizer é que a senhorita Lauren não pôde comparecer hoje, mas queria que o senhor soubesse que está muito satisfeita por, enfim, termos fechado um bom acordo.

– Bem, há algum modo pelo qual possa contatá-la? – perguntou ele. – Gostaria de agradecê-la.

– Pelo quê? – perguntei. – Por se demitir? E sair correndo para trabalhar com o inimigo?

– Estava pensando em algo mais relacionado a como ela me fez enxergar tudo o que a sua empresa vai fazer pela minha rede, senhor Parker. Ela é uma ótima pessoa com quem se trabalhar, sabe?

– Não, não sei. Eu a acho mediana.

– Preston, já chega. – George jogou o guardanapo sobre a mesa. – Senhor Von Strum, se importa de nos dar licença por um minuto, por favor? – Ele se levantou e me encarou, gesticulando para que eu o seguisse até a sacada do restaurante.

George exigiu que todos os funcionários nos deixassem a sós e, assim que eles se retiraram, cruzou os braços.

– Você está louco, Preston? Faz Deus sabe lá quanto tempo que você está tentando fechar esse acordo e está disposto a colocá-lo a perder por causa da senhorita Lauren?

– Você acredita no que ela fez?

– Preston, já falamos sobre isso a semana toda. A. Semana. Toda.

– Ah, foi? – Balancei a cabeça. – Foi você quem me disse que ela iria para o Marriott.

– E, sinceramente, me arrependo disso – falou ele, bufando. – Escuta aqui. Eu não tinha todos os fatos. Só presumi que ela atuaria como assistente executiva de novo e que seria usada como meio de eles conseguirem informações privilegiadas sobre o que fazemos na Parker International.

– E não é isso que ela foi fazer lá?

– Ela é a conselheira-geral interina, mas só até o conselheiro-geral oficial voltar de uma licença estendida.

– Dá na mesma, caralho.

– Como seu conselheiro-geral, posso garantir que não é. – Ele fez uma pausa. – Além disso, ela me procurou alguns dias atrás para revisar o contrato de vínculo empregatício dela com eles, então, mesmo que eles tentassem fazer com que ela diga algo, ela é legalmente proibida de fazer isso.

– Duvido de que ela tenha concordado com uma merda dessas. – Eu ainda estava ofendido pra cacete. – Que tipo de CEO de hotel em mente sã concordaria em contratá-la, mas sem lhe perguntar nada relacionado ao tempo em que trabalhou para mim?

– Aposto que muitos fariam isso. – Ele deu de ombros, depois sorriu. – Mas ela acrescentou letras miúdas fascinantes que vão preveni-la de responder qualquer coisa. Algumas das mesmas letras miúdas que outra pessoa usou pelas minhas costas.

– Ela usou tinta branca?

– Não só usou tinta branca no final do contrato, como também acrescentou pequenas anotações por toda a primeira parte dele em tinta branca também. – Reprimi um sorriso. Ainda estava puto. – Agora, se não se importa – falou ele –, preciso que volte lá e não pense na senhorita Lauren por cinco minutos, para que possamos fechar esse negócio.

– Não pensar nela não vai ser problema.

– É por isso que tem perguntado sobre ela ao concierge do apartamento dela a semana toda?

Não respondi.

– Cinco minutos, Preston. – Ele apontou para as portas. – Só te peço isso.

Voltamos à mesa, e o sr. Von Strum estava se levantando.

– Sentimos muito por sua espera, senhor Von Strum – falou George, em pânico. – O senhor não tem mais interesse em fechar o acordo conosco?

– Nada disso. – Ele sorriu e apontou para os papéis, a assinatura fresca em cada um dos contratos. – Só quero dar o fora daqui, já que me recuso a acreditar que o senhor Parker leva seus sócios de trabalho a um lugar onde os garçons ainda não se deram conta de que só nos serviram sobremesa e nada mais.

– Você está certo. – Sorri e coloquei os papéis na maleta. – Pensei que o senhor gostasse de aperitivos baratos.

– Gosto, mas nunca disse que não aceitaria uma refeição cara à custa de outra pessoa. – Ele riu. – Mostre-me onde você jantaria numa noite como esta, senhor Parker.

– Justo. – Apertei a mão dele e o levei, junto a George, ao elevador no qual havia um chiclete grudado.

– Quer que eu dirija? – perguntou ele. – Tenho certeza de que seu chofer vai ter uma baita dificuldade para chegar aqui com esse trânsito.

– Não há necessidade de dirigir. – Peguei o celular. – Eu vim para cá de helicóptero.

Ele balançou a cabeça.

– Você não tem nada melhor para fazer com o seu dinheiro, não é mesmo?

– Faria o senhor se sentir melhor se eu dissesse que tenho uma sobrinha que não dá a mínima para a minha conta bancária e só quer brincar com caixas de papelão de cinquenta centavos e ursinhos de pelúcia?

Ele riu e me deu um tapinha no ombro.

– Só um pouco.

TRINTA E QUATRO

Tara

Passei pela entrada da Marriott International por mais um dia, fechando a porta do meu escritório ao entrar. De coração partido e irritada, ainda estava tão imersa na vida de Preston que pedia ao meu novo motorista particular que me levasse à Sweet Seasons todas as manhãs, e alguns dos contatos antigos de Preston ainda ligavam para o meu número me dizendo coisas com as quais eu não me importava mais.

Já que não sou birrenta como ele, repassei todas as ligações dele ao novo assistente e cheguei a enviar mensagens a Cynthia sobre pequenas coisas de que me lembrava de tempos em tempos. Em contrapartida, desde que eu havia aprendido alguns truques com o "manual de birras" dele, bloqueei todos os seus números e os deletei. (Sim, mesmo sabendo todos de cor.)

Quer saber? Ele que se foda.

Peguei a agenda do dia do meu novo CEO e minha caderneta para fazer algumas anotações.

Reuniões de brunch para discutir contratos de propriedade, sessão no Skype à tarde para tratar das taxas legais com a empresa Voight e uma sessão de inventário com os estagiários.

Atualizei a agenda de novo, sabendo muito bem que ele não poderia estar certo. Ainda assim, independentemente de quantas vezes eu a atualizasse, aqueles três compromissos eram os únicos que apareciam. Olhei a agenda da semana toda e vi que só havia dois ou três eventos por dia.

Só isso?

Peguei o telefone da mesa e liguei para a secretária dele.

– Bom dia, senhorita Lauren! – ela atendeu no primeiro toque. – Está tudo correndo bem durante sua primeira semana?

– Mais do que isso!

– Ah, que ótimo! E como posso ajudá-la?

– Estava dando uma olhada na agenda do senhor Greywood e vi que só tem duas ou três coisas por dia. Existe alguma agenda privada ao qual eu não tenha acesso?

– Não, é isso mesmo. O senhor Greywood prefere que seus dias sejam simples e livres de estresse.

– Bem, já que a maior parte dessas reuniões já está encaminhada, tem alguma ideia do que seu conselheiro-geral oficial faria? Não quero entrar em contato com ele em relação a isso ainda, já que estou tentando ser uma ótima estagiária, sabe?

– Se eu fosse você, só aproveitaria o luxo do cargo, senhorita Lauren – falou ela, parecendo sincera. – O senhor Greywood não confia em mulheres, e ele só nos contratou, você e eu, para melhorar a reputação dele. Seu conselheiro-geral de verdade é um cara chamado Bob, em quem ele confia até o último fio de cabelo. Mas esse trabalho é tão caótico que mulher nenhuma daria conta. Vai por mim. – Ela deu risada. – Desça e aproveite o tempo em um dos spas, responda a alguns e-mails e veja como as coisas estão a cada hora. Depois, respire fundo e sorria, já que tem oficialmente o melhor emprego em toda Nova York.

– Certo...

– Posso ajudar em mais alguma coisa?

– Não, mas agradeço a você e ao restante do pessoal pela cesta de doces.

– Ah, não fomos nós – respondeu ela. – Quem mandou foi Preston Parker. – Ela encerrou a ligação, e eu encarei a cesta, tentada a jogá-la no lixo.

A última coisa de que eu precisava agora era de lembranças dele. Levantei-me e saí do escritório, apagando as luzes.

Eu, hein. Preferia aceitar a sugestão dela de ir para o spa.

DUAS SEMANAS DEPOIS...

TRINTA E CINCO

Tara

Assunto: Como está seu trabalho na rede de hotéis número 2?
Assunto: Preciso conversar sobre a última vez que esteve no meu escritório
Assunto: Já te liguei umas cinquenta vezes esta semana
Assunto: Você bloqueou meu número?
Assunto: Sei que está vendo esses malditos e-mails, Tara…

Deletei a página mais recente de e-mails de Preston e desci para o departamento técnico.

– Bom dia, senhorita Lauren. – O diretor sorriu para mim. – Como posso ajudá-la?

– Gostaria que você sinalizasse e bloqueasse um endereço de e-mail da minha caixa de entrada daqui pra frente – falei. – Por algum motivo, o meu recurso de bloqueio não está funcionando.

– Claro, senhorita. Qual é o endereço de e-mail?

– PrestonCEOParker@ParkerHotels.com.

– Ah, sim. – Ele suspirou. – Vou ver o que consigo fazer.

Vai ver o que consegue fazer? Mas você so precisa colocar o e-mail na lista, com todos os outros endereços bloqueados.

– Bem, é um pouquinho mais complicado que isso. É necessária muita habilidade técnica, e às vezes alguns endereços passam despercebidos pelo sistema. – Eu o encarei. – A internet é um lugar doido, sabia? Muito doido.

– Quanto o senhor Parker está te pagando para não o bloquear do meu e-mail?

– O quê? – As bochechas dele coraram, o que o entregou na hora. – Nada. Nunca aceitaria o dinheiro dele por algo simples assim. Quer dizer...

– Quanto?

– Dois mil por semana.

– Eu dobro.

– Ele falou mesmo que você diria isso se descobrisse – sussurrou.

– E?

– Falou que era para eu ligar para ele quando acontecesse.

– Você não vai ligar para ele – eu disse. – Porque, se fizer isso, vou fazer com que seja demitido por confabular com a concorrência.

– *Concorrência?* O Marriott não chega nem perto dos Hotéis Parker, senhorita Lauren. Eles estão tão na nossa frente que chega a ser risível.

– Não é isso o que o seu manual de funcionário diz. – Estreitei os olhos para ele. – Você *não vai* ligar para ele. Não importa o que ele tenha te oferecido. Está entendido?

Ele assentiu.

– Está.

– Que bom. – Comecei a sair da sala, mas ele me chamou, fazendo-me olhar por sobre o ombro. – Sim?

– Hum. Ele me ofereceu um bônus se eu conseguisse te fazer abrir uma das cestas que ele mandou. – Ele foi até nosso depósito principal e abriu a porta, revelando cestas de presente enormes que chegavam três vezes por dia, religiosamente. – Então, seria muito ruim te pedir para abrir uma e me deixar tirar uma foto para ele? Só uma fotinho, para ajudar os menos afortunados, sabe?

Balancei a cabeça e fui embora.

Meu Deus, Preston.

TRINTA E SEIS

Preston

Não estava acostumado a Tara não conversar comigo.

Não estava acostumado a não ver Tara nem ter notícias dela por tanto tempo assim e, ainda não tinha admitido, mas doía pra cacete. Mais ainda cada vez que eu precisava chamar meu novo assistente executivo, que não chegava aos pés dela, e quando Violet perguntava se ela viria para casa.

Ela ignorava todos os meus e-mails e mensagens, e, se a conhecia como eu pensava, provavelmente estava guardando todos os meus presentes em um armário.

Suspirando, peguei o telefone da mesa e liguei para Taylor.

– Sim, senhor Parker? – ele atendeu no primeiro toque.

– Você se esqueceu de me trazer o sumário desta manhã.

– Ah, é. Já passo aí. – Ele desligou e apareceu na minha sala alguns segundos depois.

Ele era um assistente razoável, embora tivesse dificuldade de entender a arte do sarcasmo e não acertava meu café nem se a vida dele dependesse disso. Tinha desistido de pedir a ele que fosse buscá-lo para mim e até chegara a usar a lista do *"Agora é com você"* que Tara tinha feito para complementar determinados aspectos do trabalho dele.

– Você vai começar a me repassar suas atualizações, Taylor? – perguntei. – Agora seria um bom momento.

– Certo. Bem, já deixei tudo arrumado para o senhor para a reunião de sexta. – Ele batucou o lábio com o dedo. – Também finalizei sua agenda para a conferência na Flórida no mês que vem. Ah, e a organizadora da festa de aniversário da Violet disse que vai te ligar em breve.

– Já dei uma festa de aniversário para a Violet este ano. Foi uma viagem ao Disney World.

– Sim, mas... – Ele cruzou os braços. – Você disse que Violet estava se ajustando a Nova York em um ritmo rápido com os amiguinhos novos e que, se ela pegasse o embalo de vez, ia querer uma festa na Estação Grand Central. Achei que fosse preferir começar com os preparativos logo, não?

– Eu falei sarcasticamente, Taylor.

– Não pareceu. O senhor pareceu estar falando sério.

– É assim que se usa o sarcasmo. – Revirei os olhos. – Vou levá-la ao Disney World no ano que vem como festa. Inclusive, todas as festas de aniversário dela vão ser lá, até ela fazer nove anos.

– Mas o senhor tem dinheiro para alugar uma seção da Estação Grand Central por uma noite. Acho que ela preferiria isso, não acha?

– Saia da minha sala, Taylor.

– Isso foi sarcástico?

Eu o encarei e reprimi um suspiro.

– Obrigado pelo seu trabalho de hoje. Pode ir para casa mais cedo, se precisar.

– Posso dizer uma coisa antes de sair, senhor?

– Fique à vontade.

– Não leve para o lado pessoal, mas não consigo não ser como sou e gostaria muito que o senhor aceitasse que não sou a Tara. E que nunca serei a Tara. – Ergui uma das sobrancelhas. – Hoje foi a primeira vez que me chamou pelo nome, e o senhor espera que eu saiba tudo o que ela faz. Só estou aqui há algumas semanas, então seria possível me dar uma chance como indivíduo, sem todas as expectativas e todos os acordos que o senhor tinha com ela? É tudo o que peço. – Ele colocou uma pasta na minha mesa, sem me dar chance de responder. – Até amanhã, senhor.

TRÊS SEMANAS DEPOIS...

TRINTA E SETE

Tara

Nunca pensei que chegaria o dia em que sentiria falta de trabalhar para Preston, mas esta manhã está me fazendo questionar se eu não deveria ter ficado um pouquinho mais. Minha agenda estava vazia. minha lista de pendências estava concluída e a maior parte da equipe de profissionais estava em uma sessão de treinamento que os manteria ocupados pelo resto do dia.

Reclinando-me na cadeira, encarei a montanha de presentes enviados quietinha em um canto. Ainda não tinha sequer tocado em nenhum deles e queria chegar à marca de quatro semanas antes de olhar para um dos cartões, mas, com mais uma tarde ociosa, estava tentada a ceder.

Antes que pudesse abrir o pacote mais próximo de mim, um e-mail do meu CEO apareceu na tela.

Assunto: NECESSIDADE DE SUGESTÕES
Olá, pessoal,
Só passando para avisá-los de que preciso de ideias
para sediar uma conferência com colegas executivos
este mês. Seria para a primeira sessao, relacionada
à Campanha Promocional de Outono que vamos inaugurar
no ano que vem, então, por favor, entrem em contato
comigo se tiverem alguma sugestão.

Favor não compartilhar este e-mail com ninguém que não seja funcionário dos níveis B ou C.

Mark Greywood
CEO da Marriott International

Peguei de imediato a pasta de ideias em que estava trabalhando na semana anterior e fui até o escritório dele. Batendo à porta, pigarreei e entrei na sala.

– Olá, senhorita Lauren. – Ele sorriu quando entrei, passando a mão pelo cabelo grisalho. – Como está hoje?

– Excelente. Queria saber se poderia falar com o senhor por um minuto.

– Claro, claro. – Ele gesticulou para que eu me sentasse e me entregou uma cesta de pães. – Experimente um pãozinho antes. Estão deliciosos. – Hesitei. – Não se preocupe, senhorita Lauren – falou ele. – São sem glúten.

– Obrigada. – Sorri e experimentei um. Depois outro e depois mais um.

– Uma delícia, não? – Ele riu. – Não consigo parar de comer essas coisas. O chef responsável é de outro mundo e vai cozinhar para os executivos dos níveis B e C em uma festa particular amanhã, antes de começar a residência no nosso hotel do centro.

Por que não recebi convite para esse evento?

– Parece que vai ser incrível. Queria mostrar algumas ideias para a conferência com os executivos. Já que vai ser uma campanha com temática outonal, o senhor deveria garantir que a viagem deles, do começo ao fim, combinasse com esse tema, para potencializar as sessões de *brainstorming*. – Abri a pasta. – Se o senhor me der cinco minutos para...

– Não sabia que havia incluído a senhorita naquele e-mail – ele me interrompeu. – Não preciso das suas ideias, senhorita Lauren. Aposto que são incríveis, mas este é um trabalho para homens, como a senhorita bem sabe.

– Não, não sei. O que quer dizer com isso?

236

– Quero dizer que só contratei a senhorita para ser a interina. – Ele sorriu. – Portanto... seja a interina. Faça uma coisa ou outra dos meus afazeres pela manhã, responda a e-mails e descanse sua cabecinha, para deixar que os homens cuidem do resto.

– Eu contribuí com todas as campanhas de marketing na Parker International – falei. – Nem era um requerimento do meu trabalho, mas algumas das minhas ideias foram melhores do que as do diretor do setor de marketing.

– Conta outra, vai? – Ele inclinou a cabeça para o lado com um sorriso condescendente. – O Preston Parker que eu conheço nunca permitiria que uma mulher desse opinião sobre qualquer coisa além do comprimento da própria saia.

– Ele não é uma pessoa assim de modo algum. – Fiz uma pausa. – Uma boa ideia era uma boa ideia, não importando de quem tivesse vindo.

– Boa tentativa, senhorita Lauren. – Ele piscou para mim. – Mas aposto que conheço o senhor Parker muito melhor do que você. Ele está nesse ramo há mais de uma década, assim como eu, e a única razão para estar no topo agora é porque é um pouco mais cruel do que nós, mas também porque sempre temos as cabeças certas pensando. De homens.

– Ok, escute aqui. – Não iria tolerar aquilo por um ano inteiro. – Agradeceria muito se o senhor ouvisse o que eu tenho a dizer antes de fazer... – Espirrei. – Desculpe. Como eu dizia... – Espirrei de novo.

Ele mordeu outro pãozinho.

– Algum problema, senhorita Lauren?

– Tem alho nestes pães?

– Ah, sim. Bastante. – Ele sorriu. – O legal de como o chef prepara é que você só sente o gosto quando acompanha com vinho, mas está ali. Genial, não?

– Preciso ir para casa. – Senti minha garganta coçando e sabia que, a partir disso, seria só ladeira abaixo. – Agora.

– Bem, quer que eu chame um táxi para a senhorita? – perguntou ele. – Vou suspender o serviço de carros particulares a partir de amanhã. Acho que não te incluí nesse e-mail também.

– Um táxi serve.

Ele pegou o telefone da mesa e o entregou para mim.

– Não está esperando que eu ligue por você, não é?

Mais tarde, naquela noite, grunhi ao levantar a câmera do celular para o meu rosto. Meus lábios estavam inchados, assim como os meus olhos, que também estavam vermelhos.

– Prontinho, amiga. – Ava colocou uma toalha gelada na minha testa. – Se te faz sentir melhor, meu trabalho novo é um pé no saco. Tipo, não consigo nem colocar em palavras quanto o odeio.

– Acho que odeio meu emprego novo também – falei. – Por que é tão difícil achar um bom?

– Como se eu fosse saber. – Ela riu. – Enfim, seu namorado deu uma passadinha na mesa do concierge hoje. De novo.

– Ele não é meu namorado.

– Bem, passei por ele quando estava de saída, e ele praticamente implorou para conversarmos.

– Preston Parker não implora por nada.

– Ah, ele estava implorando, sim. – Ela afofou a almofada embaixo da minha cabeça. – Falei que você ficou doente no trabalho. Tipo, mal de verdade. Não como uma desculpinha só para ele sair do seu pé.

Ela se retirou por alguns segundos e voltou com uma bandeja prateada cheia de comida.

– Ele me disse para entrar em contato com a Outras Sopas e eles entregaram isso enquanto você estava dormindo. Dá para acreditar? – Ela descobriu a bandeja, revelando uma canja e torradinhas gourmet. Também tinha chá quente, refrigerante de gengibre e um bilhete.

> Melhoras (e, por favor, atenda às minhas ligações).
> Preston
>
> P.S. 1. Sim o macarrão da sopa de frango é sem glúten.
> P.S. 2. Preferia que você ainda estivesse trabalhando para mim mas agradeço a lista do "Agora é com você".

– Eu é que não vou dar trela pro pedido de desculpas gastronômico dele.

– Ah, vai, sim. – Ela me deu uma colher. – Ele também mandou remédios, e a Violet te mandou um desenho com giz de cera. Não me pergunta o que é, porque, sinceramente, não entendi.

Ri e me sentei devagar, tomando um pouco da canja.

– Depois de ele ter falado comigo daquele jeito no escritório, você lhe daria outra chance?

– Vejamos. O que eu faria se meu antigo chefe bilionário ficasse puto comigo por ir trabalhar em outra empresa de hotéis e me expulsasse de sua sala? Se esse mesmo bilionário, que se importa comigo, me fode com jeitinho e quer ficar comigo enquanto me liga diariamente e até manda presentes para a minha melhor amiga, só para saber como minha vida anda? – Ela deu batidinhas no queixo com o indicador. – Não, não lhe daria outra chance. Prefiro encontrar outro bilionário. Há um em cada esquina mesmo, né?

– Espera aí. Você está atualizando Preston sobre a minha vida em troca de presentes?

– É claro que não. – Ela cobriu o relógio da Cartier no pulso. – Que tipo de amiga acha que eu sou?

Peguei uma almofada para tacar nela.

– Uma amiga horrível!

– Deixe a poeira baixar e decida você mesma – falou ela. – Do jeito que ele tá sensibilizado, aposto que vai esperar o tempo que for.

– Ele não está sensibilizado, Ava. Só está acostumado a me ter por perto para ajudá-lo a tomar decisões.

– Não, acho que é porque ele se importa com você tanto quanto você se importa com ele. Ela se apoiou no batente da porta. – Sabe, pra mim você o odiou lá no primeiro ano em que trabalhou com ele, mas, depois disso, já não sei. Você continuou indo ao trabalho mesmo quando sabia que tinha dinheiro suficiente no banco e que poderia ter virado as costas com facilidade.

– Pela enésima vez, eu era legalmente obrigada a continuar.

– Mas não pessoalmente. – Ela deu de ombros. – Podia ter ficado em casa, sem nunca dar as caras. O que ele teria feito?

– Dá o fora do meu quarto.

– Foi o que pensei.

TRINTA E OITO

Preston

Larguei o celular quando minha décima ligação do dia foi direto para a caixa de mensagens de Tara. Nunca tinha ligado tanto para uma mulher sem receber nada em troca e, considerando que ela sabia todas as formas pelas quais eu poderia entrar em contato, não sabia que outra tática tentar. Não podia negar que meus dias estavam muito menos empolgantes sem ela, e, com sua ausência, eu passava muito menos tempo no escritório.

Sentindo um puxão na perna, olhei para baixo e vi Violet brincando com seu novo copo esportivo.

– Me ajuda, tio Preston? – pediu ela.

Eu o tirei das mãos dela e ajustei o canudo.

– Pronto.

– Obrigada! – Ela sorriu e deu um gole para o Urso. Depois, olhou para mim. – Tô com saudade da Tara.

– Eu também.

– Ela pode vir brincar com a gente?

– Veremos. – Peguei meu celular de novo e liguei para Ava, a amiga dela. Já tinha perdido a paciência.

– Alô?

– Oi, Ava – falei. – É o Preston.

– Eu sei. Você me ligou não tem nem duas horas... e sem uma oferta de presente, inclusive, então, não tenho novas informações para você.

Dei risada.

– Não aguento mais nem um dia sem vê-la. Onde ela está?

– Ela não trabalha mais para você.

– Sei disso.

– E também não te ama mais.

– Eu nem sabia que ela já tinha chegado a me amar.

– Bem... – ela arquejou –, ela não amava. Ela te odiava.

– Por favor, me diga onde ela está, Ava.

– Não vai me oferecer um presente primeiro?

– O presente vai ser ela não falar sobre mim a noite inteira.

– Ela não fala de você a noite inteira. – Ava fez uma pausa. – Certo, definitivamente, eu ia gostar disso. Ela está no Bar do Terraço, número 21, na avenida Park. É um evento corporativo.

– Muito obrigado.

– A propósito, se um dia falar com ela de novo como fez no seu escritório daquela vez, vou juntar todas as minhas amigas do ramo da moda e vamos avaliar seus hotéis com uma estrela. E também vou contratar alguém para garantir que não seja chocolate no seu próximo café da Sweet Seasons, se é que me entende.

– Está me ameaçando?

– Estou te *prometendo* – respondeu ela. – Agora saia do telefone e vá falar com a pessoa com quem, de fato, quer conversar.

TRINTA E NOVE

Tara

A quem possa interessar,
Agradeço a oportunidade de trabalhar nesta empresa
misógina. Sou muito grata por ter sido tratada como
uma imprestável de segunda classe que...

– Senhorita Lauren? – Meu chefe veio até mim, e abandonei o primeiro rascunho do meu próximo aviso-prévio de duas semanas. – Senhorita Lauren, quero apresentá-la ao senhor Kline. Este é o homem que organizou todo este evento de última hora. Não ficou excelente?

– Ficou... interessante. – Mordi a língua para me impedir de dizer que aquele evento era básico pra cacete. A comida estava cozida demais, o tema (a velha Hollywood) era inexistente e boa parte da decoração estava fora de moda. A "estrela" do evento era um cara que imitava o Elvis, e, enfim, comecei a aceitar que Preston sempre seria o melhor hoteleiro que esta cidade já tinha visto.

– O senhor Kline já trabalha comigo há uma década – falou ele. – A senhorita pode aprender muito com ele, já que gosta tanto de trabalhar o tempo todo.

– Prazer em conhecê-la, senhorita Lauren. – O sr. Kline estendeu a mão para me cumprimentar enquanto meu chefe nos deixava a sós. – Há quanto tempo trabalha no Marriott?

– Tempo demais.

– Desculpe, não entendi.

– Um pouco mais de três semanas.

– Ah – disse ele, ainda me cumprimentando, lentamente acariciando as costas da minha mão com o polegar. – Bem, se quiser aprender uma coisinha ou outra com alguém experiente, estarei sempre disponível. O senhor Greywood me disse que você é bastante ambiciosa.

Quase vomitei, puxando minha mão.

– Se acha que estou disposta a transar com você para subir de nível, está tristemente enganado – falei. – Já trabalhei com a melhor rede nesse ramo, e só estou aqui para observar e descobrir por que negócios como o de vocês nunca chegam nem perto.

– Como é?

– Achei que levaria um ano, mas só precisei de três semanas.

– Já entendi tudo. – Ele estreitou os olhos para mim. – Agora vejo por que Preston Parker permitiu que se demitisse. Você não sabe seu lugar. É comum em mulheres deste ramo. – Revirei os olhos. – Não se surpreenda se o senhor Greywood quiser ter uma longa conversa com você na segunda.

– Não se surpreenda se eu nem sequer estiver mais trabalhando para ele na segunda.

Sem conseguir pensar em mais nada para responder, ele pigarreou e foi embora.

Abri meu aviso-prévio de novo, refazendo o rascunho do começo. Só tinha explorado meus pensamentos por três parágrafos quando senti um par de mãos familiar na minha cintura. De repente, lembrei-me dessas mesmas mãos me possuindo em frente a um espelho e me segurando sobre uma mesa de escritório, prendendo-me em cima de uma mesa de vidro.

– Estou começando a achar mesmo que você me odeia – sussurrou Preston, fazendo cada nervo do meu corpo se incendiar em questão de segundos. – De que outro jeito você explicaria me forçar a vir a uma porcaria dessas só para te ver por um momento?

Ele me girou, e minhas palavras ficaram presas nos lábios enquanto o encarava. Com o mesmo terno cinza imaculado e os botões de punho que usava no dia em que nos conhecemos, ele estava fazendo todas as mulheres no terraço olharem para ele.

Seus olhos verdes mais uma vez me faziam perder a fala, e meu coração batia a mil por hora.

– Espero que não tenha vindo até aqui só para se desculpar – falei. – Se sim, perdeu seu tempo, porque não te perdoo.

Ele ergueu uma das sobrancelhas, sem dizer nada.

– Não gostei de como falou comigo no seu escritório da última vez que conversamos ou de como me descartou como se eu não fosse nada de mais – expliquei. – Também não gosto do fato de você não conseguir passar um dia, nem um diazinho, sem me mandar mensagem nem me ligar sem parar, como se eu ainda trabalhasse para você.

– Eu te mandava mensagens e te ligava muito mais quando você era minha assistente.

– A questão não é essa. Você disse tudo naquelas centenas de mensagens e e-mails, exceto a única palavra que eu duvido que vá dizer um dia. Então, por mais sexy que você seja, e por mais que eu tenha saudade de sentir você dentro de mim e de ver a Violet...

– Desculpa – ele me interrompeu, segurando minha cintura com mais força. – Desculpa, Tara.

– Por não me deixar contar o meu lado da história?

– Por não dizer antes quanto eu me importo com você. – Ele olhou nos meus olhos. – Deveria ter dito há muito tempo.

– Semanas atrás?

– Anos atrás – falou ele. – Nos primeiros dois meses em que trabalhou para mim.

– Que baita jeito de mostrar, hein?

– Volta, e eu faço melhor desta vez.

– Agora você tem o Taylor.

– Tenho meu quinto Taylor agora. – Ele sorriu e me estreitou ainda mais em seus braços. – Faço o que for necessário para te ter de volta. Só quero você de novo.

– Não vai se desculpar por ter me expulsado da sua sala também?

– Vou – disse ele, parecendo falar com sinceridade. – E sinto mais ainda pelas últimas semanas, já que certo alguém fez a única coisa que vai sempre me atingir. A coisa que era o que eu mais merecia.

– Te odiar?

– Me ignorar. – Ele sorriu. – Não aguento mais.

– Bem, eu segui em frente e estou com outra pessoa, então acho melhor você me soltar antes que ele volte.

– Não vou nem entrar nesse assunto – falou ele, com um sorriso zombeteiro. – Uma coisa é descer de nível no trabalho, mas você não teria coragem de descer de nível em relação a mim.

– Não é descer de nível só porque ele não tem um bilhão de dólares.

– É descer de nível porque ele não existe. – Ele esfregou a mão nas minhas costas. – Não vou embora até me dizer que podemos continuar de onde paramos.

– E se eu disser que não é possível?

– Seria uma mentira, mas, nesse caso, eu apareceria no seu trabalho de novo na segunda-feira só para pedir mais uma vez.

– Não estarei lá na segunda – falei sorrindo. – Aprendi tudo o que podia lá, então vou encaminhar a eles meu aviso-prévio.

Ele pareceu perplexo.

– Quer dizer que vai voltar?

– Nem morta – respondi, sentindo os lábios dele roçarem os meus. – Nunca mais vou trabalhar para você.

– Sou um chefe melhor agora.

– Disso eu duvido. – Ri. – Só aceitei esse emprego para aprender a atuar em um cargo diferente, para que, quando tiver minha empresa, eu entenda bem o que cada executivo de nível C faz. Não foi nada pessoal, Preston.

– Agora eu sei disso – disse ele. – O que preciso fazer para que você volte?

– Pode começar me beijando – falei. – Preciso criar um sumário para o resto das coisas e colocá-lo na sua mesa.

Seus lábios imediatamente encontraram os meus, e minhas costas bateram na grade do terraço quando ele deslizou a língua pelos meus lábios, demorando-se ao explorar cada centímetro da minha boca. Ele acariciou a lateral do meu corpo enquanto me beijava com ainda mais intensidade, e me esqueci por completo de que estávamos em público.

Por vários minutos, éramos só nós dois ali, e foi como se estivéssemos em sua sala de novo.

Quando ele, enfim, me soltou, eu lutava para recuperar o fôlego, e todo mundo no terraço nos encarava.

Inteiramente alheio à atenção indesejada, Preston sorriu e pegou minha mão.

– Acho que precisamos terminar isso em outro lugar – falou ele, puxando-me por uma multidão de executivos do Marriott boquiabertos. – Também deveríamos entrar em um acordo em relação a voltar a trabalhar para mim.

– Acabei de dizer que nunca mais vou trabalhar para você de novo.

– Você me ouviu falar em um acordo?

– Você me ouviu falar *nunca*?

Ele riu e passou um dedo pelos meus lábios enquanto entrávamos no elevador.

– Acho que vai gostar desse acordo. Estou para criar um contrato, e acho que os termos são mais do que justos.

– Há letras miúdas nele?

– É claro – respondeu ele, beijando-me. – Sempre vai ter.

FIM

EPÍLOGO

Tara

Um ano depois... no Disney World

– Já acabou, Violet? – Preston levantou um pirulito do Mickey Mouse.

– Aham! – ela assentiu e saiu correndo, voltando ao brinquedo das xícaras do Chapeleiro Maluco pela enésima vez. – Vem me ver, tio!

Graças a Preston, o parque todo era exclusivamente nosso durante o dia inteiro, e Violet aproveitava seu aniversário com cinco novos amiguinhos. Embora agora ela estivesse completamente acostumada a viver com a gente no apartamento pra lá de luxuoso dele, ainda acordava de tempos em tempos perguntando sobre os pais, e fazíamos questão de abraçá-la todas as vezes.

Fiquei olhando enquanto Preston tirava fotos dela girando numa xícara rosa, e senti meu celular vibrando no bolso.

– Sim, Nicole? – atendi.

– Hum. Oi, senhorita Lauren – disse minha nova assistente executiva. – Quer dizer, Parker? A senhorita... senhora já mudou seu sobrenome?

– Só daqui a uns meses, Nicole. – Sorri. – Aconteceu alguma coisa?

– Não, não, só liguei para avisar que o acordo com o Day está finalizado, e seu advogado sênior já terminou a papelada – falou ela. – Quer que envie tudo para você da sua conta ou da minha?

– Pode ser da minha.

– Ah, ótimo! Esta foi a última vez que te liguei nas suas férias, juro! – Ela desligou e meu celular vibrou com a chegada de um e-mail.

Assunto: O negócio com o Day (enviado pelo seu endereço de e-mail corporativo)
Está tudo anexado.

Tara Lauren
CEO dos Hotéis Von Strum
Divisão da Parker International

– Achei que tínhamos concordado em não trabalhar nas férias – disse Preston, vindo até mim.

– Concordamos, mas você já atendeu umas dez ligações hoje também.

– Aquelas dez ligações eram a respeito das entrevistas para o meu novo Taylor. – Ele sorriu. – Isso não se configura como trabalho.

– Já foram quantos desde que eu me demiti? Vinte e cinco?

– Vinte e sete. – Ele me deu um beijo. – Adoraria parar nos vinte e oito para sempre se uma certa pessoa cansasse de ser CEO.

– Jamais. – Ri, olhando para Violet. – Posso te fazer uma pergunta?

– Claro.

– Você chegou a ler a carta do seu irmão?

– Sim.

– Vai me contar um dia o que ele disse?

– Depois do casamento. – Ele sorriu. – Mas vou te dizer que, pelo andar da carruagem, vamos ter três hoteleiros na família.

– Como assim?

– Ele deixou os Hotéis W para a Violet – respondeu ele. – A rede toda está no nome dela, mas alguma coisa me diz que deveríamos esperar até ela ter bem mais do que quatro anos e meio para contar.

– Então você vai acabar tendo três redes de hotéis número um em diferentes divisões?

– Não. – Ele me beijou de novo. – *Nós* vamos.

FIM, MAIS UMA VEZ

CONFISSÕES DA AUTORA E AGRADECIMENTOS

Queridos leitores,

Anos atrás, em 2011 para ser mais exata, eu vivia o pior momento da minha vida. Estava completamente dura (a ponto de ter dois dólares e quinze centavos na conta) e teimava em continuar morando em Pittsburgh, tentando levar a vida em vez de admitir a derrota e voltar para casa. Tinha me acostumado a "roubar", como a heroína deste livro, só que os hotéis acessíveis não eram das redes de Preston, com um CEO gostosão. Eram os SpringHill Suites na praça Bakery, o Hampton Inn, e uma vez ou outra os Homewood Suites.

Sempre que penso nesses dias, desabo e começo a chorar, porque eu queria muito esquecer a lembrança de comer alimentos roubados sentada no meu carro.

Também queria me obrigar a esquecer todas as rejeições que sofri por parte de empregadores, cada uma delas me ferindo como se fosse superpessoal. Mas, a contragosto, essas memórias continuam vivas. Também posso dizer que, nessa época terrível, a escrita era o que me mantinha motivada a continuar...

Não consigo colocar em palavras a minha gratidão por vocês terem dado uma chance ao meu livro; quer o tenham odiado ou amado, é uma honra para mim que o tenham lido.

Sei que não sou a escritora mais "profissional" do mundo, mas obrigada por fazerem de mim uma autora extremamente sortuda.

Se me conheceram com *Mid Life Love*, obrigada.

Se me conheceram com a série *Jilted Bride*, obrigada.

Se me conheceram com *Reasonable Doubt*, obrigada.

Sinceramente, Carter, a série *Reasonable Doubt*, *Thirty Day Boyfriend*, *Naughty Boss* (e a coleção *Steamy Coffee Reads*), *Turbulance*, *Over Us/Over You*, obrigada, obrigada, OBRIGADA.

Amo vocês pra caralho,
Whitney G.

LEIA TAMBÉM

Sylvia Day, a autora best-seller nº 1 do *The New York Times*, da saga *Crossfire*, está de volta...

O viúvo Kane Black ainda está arruinado com a perda de sua falecida esposa, Lily. A dor o deixou vazio... até que conhece uma mulher com a mesma beleza de sua esposa nas ruas de Manhattan.

A atração é imediata e ele a leva para sua cobertura imponente, no mesmo lugar onde tudo faz lembrar de Lily com a intensidade de uma força possessiva e sedutora.

Um perigoso jogo psicológico tem início, e Kane, cercado por sua mãe e sua cunhada, aceita sem questionar o retorno de sua amada esposa – morta há muito tempo – na figura de uma linda mulher.

Ódio, cobiça, traumas e sensualidade são os ingredientes deste intenso romance revelador de até onde uma obsessão pode levar...